Ein Fall für die Flusspiraten
Jagd auf den Alligator

RALF LEUTHER

Ein Fall für die Flusspiraten

Jagd auf den Alligator

Mit Illustrationen von
Iris Wolfermann

Thienemann

Eine Erpressung zum Frühstück

Genießerisch blinzelte Manuel auf dem Deck der Penny Lane in die Sonne. Was für ein Morgen! Auf dem Tisch stand ein leckeres Frühstück mit frisch gepresstem Orangensaft, Spiegeleiern und gebratenem Speck. Und vor ihm lagen sechs Wochen totaler Freiheit. Sommerferien auf seinem geliebten Hausboot! Einem uralten Lastkahn, mit dem früher einmal Güter auf dem Fluss transportiert worden waren. Heute befanden sich in den ehemaligen Laderäumen liebevoll zurechtgemachte Zimmer und auf dem Bootsdeck fühlte man sich wie in einem Garten. Dort standen große Kübel mit Pflanzen und in der Luft hingen lange Leinen mit bunten Wimpeln, die im Wind flatterten.

Für Manuel war die Penny Lane das Paradies.

Hier, in dem kleinen versteckten Hafen am Fluss, wo ihn niemand störte.

Genau in diesem Augenblick fiel ein Schatten auf ihn.

»Wenn du 40 bist, bekommst du bestimmt einen Herzinfarkt«, quäkte ein zierliches Mädchen mit zwei langen, blonden Zöpfen und einem Blümchenkleid. Es war etwa zehn Jahre alt und stand direkt vor Manuel.

Abrupt richtete er sich auf.

»Ich meine, das Zeugs, das da vor dir steht, hat total viel Cholesterin«, erklärte der Störenfried lächelnd.

Manuels Miene verfinsterte sich. »Dieses Boot ist Privateigentum. Da kannst du nicht einfach drauf rumlaufen, wie es dir passt«, meinte er unfreundlich. Er erinnerte sich plötzlich, dass er diese blonde Störerin schon einige Male auf dem Schulhof gesehen hatte. Sie musste in die Jahrgangsstufe unter ihm gehen.

»Das Cholesterin setzt sich innen an den Wänden von deinen Adern ab«, dozierte die Nervensäge weiter. »Dadurch ist in deinen Gefäßen immer weniger Platz für Blut.«

Manuel gab ein leises Stöhnen von sich. Warum musste dieser Quälgeist ausgerechnet bei ihm auftauchen? Konnte er nicht einfach jemand anderen belästigen?

»Darf ich vielleicht was von deinem Essen haben? Ich mag nämlich Kloesterin«, war plötzlich eine zweite Stimme hinter dem Mädchen zu hören. Ein etwa sechsjähriger Junge trat neben es. Er hatte ein rundes Mondgesicht, und seine ebenfalls blonden Haare waren mit so viel Gel vollgekleistert, dass sie senkrecht von seinem Kopf abstanden. Außerdem trug er ein schwarzes T-Shirt mit einem Totenschädel und gekreuzten Knochen und hatte ein Holzschwert im Gürtel stecken.

»Das ist Aaron, mein kleiner Bruder«, stellte das Mädchen ihren Begleiter vor und klang dabei so, als ob es gerade über eine ansteckende Krankheit reden würde.

Manuel verzog das Gesicht. Na toll, noch so eine Nervensäge.

»Und das bin ich«, fuhr die Blondine fort und reichte Manuel eine Visitenkarte. Auf der stand zwischen vielen kleinen, bunten Blumen: *Fiona Leybold – Detektivin.*

Manuel legte die Karte mit der Schrift nach unten auf die Tischplatte.

»Nett, euch kennengelernt zu haben. Aber jetzt macht bitte einen Abflug!« Er deutete demonstrativ auf den schmalen Steg, der die Penny Lane mit dem Ufer verband.

»Du heißt Manuel Birkenhain und gehst in die 6b«, fuhr Fiona so ungerührt fort, als ob er Chinesisch sprechen würde.

»Ist das dein Hobby, fremde Leute auszuspionieren? Ich finde das ziemlich abartig«, raunzte Manuel sie an. Langsam wurde er sauer.

»Wieso? Wir sind doch Nachbarn!« Fiona tat überrascht und deutete auf das einzeln stehende Hochhaus in einigen hundert Metern Entfernung.

Mit einem Schlag wurde Manuel klar, dass man von da oben einen schönen, freien Blick auf ihn haben musste.

»Jetzt in den Ferien können wir doch etwas zusammen unternehmen«, plapperte Fiona weiter.

»Nein, das können wir ganz sicher nicht«, stellte Manuel mit schneidender Stimme fest.

»Meine Schwester hat ein Fernglas«, meldete sich der kleine Junge mit der Betonfrisur.

»Das hatte ich mir schon gedacht«, verkündete Manuel und versuchte, dabei möglichst verächtlich zu klingen.

»Ich beobachte aber niemanden«, versicherte Fiona.

»Tust du doch«, sagte Aaron und erntete dafür von seiner Schwester einen Blick, der töten konnte.

Fiona wechselte unauffällig das Thema: »Es ist sicher schön, auf einem Hausboot Ferien zu machen.«

»Wir können dieses Jahr leider nicht in Urlaub fahren. Unsere Mama muss nämlich im Krankenhaus arbeiten«, ergänzte Aaron und schaute wie ein kleiner, bettelnder Hund zu Manuel hinüber.

Der sprang empört auf. »Ihr verschwindet augenblicklich von meinem Boot. Oder ich werfe euch über Bord. Verstanden?«, brüllte er.

Diese Drohung wirkte durchaus glaubwürdig. Denn für sein Alter von elf Jahren war Manuel, der dunkle Haare und eine gebräunte Haut hatte, sehr kräftig und groß.

Doch Fiona schien sein Wutausbruch nicht im Geringsten zu beeindrucken. Nur ihr kleiner Bruder versteckte sich wieder hinter ihrem Rücken.

»Das Boot gehört dir gar nicht, sondern deinem Onkel«, stellte sie sachlich fest.

»Stimmt! Und der will auch, dass ihr jetzt sofort abhaut!«, zischte Manuel wutentbrannt.

»Wirklich? Wo ist denn dein Onkel?«, wollte Fiona wissen. »Ich seh ihn nirgendwo.«

»Der kommt gleich wieder. Er ist nur kurz was besorgen.«

»Du lügst!«, erwiderte Fiona seelenruhig und durchbohrte ihn beinahe mit ihrem Blick.

Manuel machte einen Schritt auf sie zu. Jetzt würde er diese unverschämte Ziege wirklich von Bord schleifen.

»Dein Onkel ist in Brasilien! Schon seit sechs Wochen! Auf einer Expedition! Und du bist viel zu jung, um hier alleine zu wohnen!«, ratterte Fiona wie ein Hochgeschwindigkeitsmaschinengewehr.

Manuel war baff. Woher wusste diese Schnüfflerin das alles? Er hatte doch niemandem von der Abwesenheit seines Onkels erzählt.

»Das stand auf der Homepage des zoologischen Instituts«, unterbrach Fiona seine Grübeleien.

Manuel war stinkwütend, hatte aber keine Ahnung, was er nun machen sollte.

Aaron traute sich jetzt wieder hinter dem Rücken seiner Schwester hervor und blickte Manuel vorsichtig an.

»Weiß dein Onkel überhaupt, dass du hier auf dem Boot bist?«, fragte Fiona.

»Natürlich.« Und das stimmte auch. Sein Onkel war davon überzeugt, dass Manuel problemlos ein paar Wochen ohne ihn auf der Penny Lane zurechtkam. Früher, als er noch nicht zur Schule gehen musste, hatte sein Onkel ihn oft auf solche Expeditionen mitgenommen. Das war, nachdem Manuels Eltern bei einem Autounfall gestorben waren, und sein Onkel ihn aufgenommen hatte. Später hatte er dann einige Jahre wegen ihm auf solche Reisen verzichtet.

»Das glaube ich nicht«, widersprach Fiona.

»Du hast ja keine Ahnung«, schleuderte Manuel ihr entgegen. »Mein Onkel weiß, dass er sich auf mich verlassen kann. Außerdem kümmert sich Luigi um mich.«

»Ist das ein Verwandter von dir?« In Fionas Stimme war eine gewisse Enttäuschung zu hören.

»Nein, ein alter Freund von meinem Onkel. Er betreibt ein Lebensmittelgeschäft.«

»Oh, du meinst Luigi Firence«, rief Fiona begeistert aus. »Er fährt immer mit so einem dreirädrigen Lieferwagen. Aber kann Luigi dich auf dem Schiff überhaupt beaufsichtigen? Er muss doch die meiste Zeit arbeiten!«

»Luigi passt prima auf mich auf«, stellte Manuel klar. »Außerdem versorgt er mich mit Lebensmitteln.«

»Ist ja auch egal«, flötete Fiona mit plötzlicher Großzügigkeit. »Aaron und ich können dich in den Ferien doch manchmal besuchen. Dann bist du nicht so alleine.«

»Ich bin gerne alleine«, knurrte Manuel.

»Meine Schwester ist eine tolle Detektivin«, schaltete sich Aaron ein. »Sie hat herausgefunden, wer bei uns im Haus immer den Müll aus dem Fenster wirft.«

»Vielleicht können wir in den Ferien zusammen ein paar Fälle lösen«, setzte Fiona nach. »Die Katze unserer Nachbarin aus der Etage über uns ist zum Beispiel schon seit einer Woche verschwunden.«

»Und was ist, wenn ich keine Lust habe, mit euch herumzuschnüffeln?«, wollte Manuel wissen.

»Gar nichts«, versicherte Fiona scheinheilig. »Ich

müsste natürlich versuchen, deinen Onkel zu erreichen, vielleicht über die Universität oder die Polizei. Alles andere wäre total unverantwortlich.«

»Du bist eine miese Erpresserin«, schimpfte Manuel.

Seelenruhig wandte Fiona sich zum Gehen. »Ich fand es auch nett, dich kennengelernt zu haben. Wir machen uns dann mal wieder auf den Heimweg.«

Sie zog Aaron in Richtung Steg davon, während dessen Augen weiter an Manuels Frühstück klebten.

Manuel überlegte blitzschnell: Was, wenn Fiona wirklich bei der Universität anrief oder bei der Polizei? Sicher waren eine Menge Leute der Meinung, dass ein Elfjähriger unmöglich alleine auf einem Hausboot wohnen durfte. »Warte doch mal«, rief er.

»Was ist denn?« Fiona drehte sich betont beiläufig um.

»Wenn du mit meinem Onkel gesprochen hast, bist du dann beruhigt?«

Auf Fionas Gesicht war deutlich Enttäuschung zu erkennen. Aber dann nickte sie.

»Wir können meinen Onkel anskypen«, erklärte Manuel und gab Fiona ein Zeichen, ihm zu folgen.

»Willst du die Eier und den Speck noch essen? Also ich hätte einen Riesenhunger«, rief Aaron hinter ihm her.

Mit einem Ausdruck stiller Verzweiflung schaute Manuel zu seinem Ferienfrühstück hinüber. Auf den Spiegeleiern hatte sich schon eine runzlige Haut gebildet. »Bedien dich. Mir ist der Appetit vergangen«, erwiderte er.

»Danke, echt super von dir«, sagte Aaron und setzte sich wie selbstverständlich auf Manuels Platz.

Im Reich der Spinnen

»Hier geht's lang!« Manuel dirigierte Fiona zu einer Treppe, die ins Schiffsinnere hinunterführte.

»Tut mir leid wegen deinem Frühstück. Kleine Brüder können so nervig sein«, sagte sie.

»Und Mädchen erst«, ergänzte Manuel.

Fiona tat so, als ob sie diese Bemerkung nicht gehört hätte. Stattdessen deutete sie in eine Kajüte, in der Kleider, Bücher und diverse Werkzeuge herumlagen. »Dein Zimmer, nehme ich an.«

Wortlos schloss Manuel die Kajütentür. »Wenn du mit meinem Onkel gesprochen hast, verschwindet ihr. Kapiert?«

»Jungenzimmer können sooo eklig sein. Bei Aaron hat es sogar einmal angefangen zu schimmeln«, fuhr Fiona fort.

Dieses Mal tat Manuel so, als ob er nichts gehört hätte. »Hier sind wir«, sagte er stattdessen und betrat das größte Zimmer des Schiffs, den ehemaligen Hauptladeraum. Es war ein wirklich beeindruckend großer Ort mit vielen kleinen Fenstern in den Wänden unterhalb der Decke.

Plötzlich stieß Fiona einen schrillen Schrei aus. Sie hatte direkt vor sich einige Terrarien mit Vogelspinnen entdeckt. Wie hypnotisiert schaute sie auf eines der haarigen Riesenviecher. »A...a...arbeitet dein Onkel damit?«, stotterte sie.

Manuel nickte und fand es gut, dass sie auch endlich mal vor etwas Angst hatte. »Das sind seine Haustiere. Die meisten davon laufen hier übrigens frei rum«, erklärte er und versuchte, bei dieser Lüge so ernst wie möglich zu bleiben.

Im nächsten Augenblick spürte Manuel einen stechenden Schmerz in seinem rechten Unterarm. Fionas scharfe Nägel krallten sich panisch in seine Haut.

Er versuchte, sie abzuschütteln. »Spinnst du?«

»Wo sind diese Monster?«, fragte Fiona und schaute sich mit schreckgeweiteten Augen um.

»Aua!«, rief Manuel. Fionas Nägel bohrten sich

noch ein Stück tiefer in seine Haut. »Das war doch nur ein Scherz.«

»Wirklich?«, erkundigte sich Fiona ungläubig.

»Ja! Ich schwöre es!«

Endlich ließ Fiona ihn los. »Ich leide ein wenig unter einer Angst vor Spinnen«, erklärte sie entschuldigend.

Manuel rieb sich die schmerzende Stelle. »Das habe ich gemerkt«, stellte er trocken fest.

»Arachnophobie ist eine sehr verbreitete Angststörung«, dozierte Fiona.

»Dann solltest du dich dagegen behandeln lassen. Ebenso wie gegen deine Schnüffelsucht!«

Doch dieser Angriff ging ins Leere. Fiona schaute Manuel herausfordernd an. »Können wir jetzt mit deinem Onkel sprechen?«, fragte sie. »Oder willst du mich von deinen achtbeinigen Freunden aus dem Weg räumen lassen?«

»Manchmal hast du ja richtig gute Ideen«, erwiderte Manuel und nahm vor einem Computer Platz, der auf einem großen Schreibtisch stand. Hoffentlich bekam er sofort eine Verbindung. Dann wäre dieser Albtraum endlich vorbei.

»Ich mach mal ein Fenster auf. Es ist ziemlich

stickig hier«, erklärte Fiona, während sie schon den Griff in der Hand hatte.

Manuel beachtete sie nicht.

»Ich könnte dir auch beim Aufräumen helfen«, startete Fiona einen erneuten Überredungsversuch.

»Nein, danke. Es reicht schon vollkommen aus, wenn du dich und deinen Bruder wegräumst«, erwiderte Manuel und ließ den Computer hochfahren.

»Hilfe! Zu Hilfe!«, war plötzlich von draußen eine kreischende Frauenstimme zu hören.

Manuel und Fiona schauten sich erschrocken an, dann stürzten sie hinaus, um nachzuschauen, was da los war.

Hund in Not

Als Manuel und Fiona das Deck erreichten, stürmte ihnen Aaron schon entgegen. »Ein Hund ist in den Fluss gefallen!«, rief er mit eiverschmiertem Mund.

Unten im Hafen stand eine alte Dame und wedelte aufgeregt mit den Armen. »Warum hilft mir denn niemand?!«, schluchzte sie. »Wuffi wird ertrinken, und ich kann nicht schwimmen.«

»Wo ist denn Ihr Hund?«, fragte Manuel.

Die Frau deutete flussabwärts. »Er wollte nur ein Stöckchen holen. Und dann hat die Strömung ihn mitgerissen.«

»Keine Angst, ich bringe ihn zurück. Mit meinem Boot«, versprach Manuel.

Bereits im nächsten Moment spurtete er zum Schiffsheck, wo eine Strickleiter zu einem am

Hausboot festgemachten Schlauchboot hinabführte.

Fiona und Aaron folgten ihm.

»Ihr bleibt hier«, versuchte Manuel, seine Begleiter abzuschütteln.

»Nein, auf keinen Fall«, widersprach Fiona. »Zusammen können wir den Hund viel besser retten.«

»Und ich kann mit Räubern kämpfen«, ergänzte Aaron und zog sein Holzschwert.

»Na gut.« Manuel ergab sich in sein Schicksal. »Aber ihr zieht Schwimmwesten an.«

»Klar«, versprach Aaron. »Außerdem hab ich auch schon das Seepferdchen.«

Sobald sie mit ihren Schwimmwesten an Bord waren, löste Manuel die Leine und startete den Motor.

Schon rasten sie in Richtung Hafenausgang. Nichts behinderte ihre Fahrt, denn außer der Penny Lane gab es in diesem alten, stillgelegten Fabrikhafen kein weiteres Schiff.

Plötzlich begann es, stärker zu schaukeln. Jetzt befanden sie sich auf dem breiten Strom, der quer durch die Stadt floss, und auf dem auch etliche andere Schiffe unterwegs waren.

Fiona hockte sich vorne ins Boot und beobachtete angestrengt die Wasseroberfläche. Doch nirgendwo konnte sie zwischen den Wellen einen Hundekopf entdecken. »Fahr langsamer!«, rief sie Manuel zu. »Sonst übersehen wir ihn bestimmt.«

Manuel drosselte den Motor und steuerte mehr in Richtung Flussmitte.

»Vielleicht hat dieser Hund ja eine Taucherbrille und einen Schnorchel«, meldete sich Aaron. »Im Fernsehen habe ich so was schon mal gesehen.«

»Das war ein Zeichentrickfilm«, korrigierte Fiona ihren kleinen Bruder genervt.

»Trotzdem kann es das geben!« Aaron blieb bei seiner Meinung.

Fiona schwieg. Es war vollkommen sinnlos, mit ihrem Bruder zu diskutieren, wenn er sich einmal etwas in den Kopf gesetzt hatte.

Hinter ihnen war ein tiefes Motorengeräusch zu hören. Das kam von einem großen Frachtschiff, das mit hoher Geschwindigkeit flussabwärts fuhr.

Manuel steuerte wieder ein wenig in Richtung Ufer, damit die Wellen des Schiffs sie nicht zu sehr durchschüttelten.

»Ich kann ihn immer noch nicht sehen«, sagte Fiona.

»Vielleicht ist er ja schon wieder am Ufer«, meinte Manuel.

»Hoffentlich.«

Und sowohl sie als auch Manuel fragten sich in diesem Moment besorgt: Wie lange kann so ein kleines Tier sich in der Strömung überhaupt über Wasser halten?

Eine Welle des vorbeifahrenden Schiffs hob sie sanft empor.

»Da ist er«, rief Fiona plötzlich aufgeregt und deutete auf eine Stelle im Fluss, auf die das Frachtschiff direkt zusteuerte. »Schnell! Sonst wird er überfahren!«

Im nächsten Augenblick wurde Fiona nach hinten geschleudert. Manuel gab Vollgas und das Boot machte einen Satz nach vorne.

Fiona griff nach einem Seil, an dem sie sich festhalten konnte, und stand auf.

»Bleib sitzen!«, herrschte Manuel sie an.

Doch Fiona kümmerte sich nicht um ihn, sondern begann mit ihrer freien Hand in Richtung des Transportschiffs zu winken.

»Halt! Stopp!«, brüllte sie. »Da vorne schwimmt ein Hund!«

Vom Schiff kam keine Reaktion.

Langsam schoben sie sich an dem Frachtkahn vorbei. Immer wieder trafen sie kleine Wasserberge, die sie ein Stück weit durch die Luft fliegen ließen.

Aber Fiona fing jeden Stoß geschickt ab und winkte und kreischte weiter. Jetzt konnte sie den Hund vor dem Bootskiel ganz deutlich erkennen. Er hatte große, schwarze Augen und langes, hellbraunes Fell. Er schien gut schwimmen zu können, hatte aber keine Chance, dem herannahenden Riesenschiff zu entkommen.

Endlich erreichten sie das vordere Ende des Frachtschiffs.

Nur noch wenige Meter, dann würde das Tier unter dem Gefährt begraben werden.

»Du musst ihn rausziehen!«, rief Manuel Fiona zu, die verstand sofort, was er meinte.

Manuel fuhr eine scharfe Kurve in Richtung Hund.

Fiona beugte sich, so weit es ging, über Bord. Sie konnte sehen, wie das Schiff direkt auf sie zurauschte. Hoffentlich schafften sie es, rechtzeitig vor ihm vorbeizukommen!

Die Schiffssirene dröhnte los, um sie zu warnen.

Doch Manuel wich nicht aus. Mit vollem Tempo hielt er auf das winzige Fellknäuel zu.

Fiona konzentrierte sich auf den entscheidenden Griff und ignorierte das auf sie zurasende Eisenungeheuer. Sie wusste, dass sie nur eine Chance hatte. Jetzt spürte sie das Hundefell unter ihrer Hand. Aber sie bekam es nicht zu fassen. Sie waren zu schnell! Da endlich fand sie Halt. Ihre Finger verhakten sich in etwas. Das musste das Halsband sein. Fiona nahm alle Kraft zusammen, zog den Hundekörper nach oben und fiel zusammen mit ihm rücklings ins Schlauchboot.

Genau in diesem Augenblick passierte das Schiff sie. Keine Sekunde nachdem sie dessen Fahrweg wieder verlassen hatten.

Die Wellen warfen sie wild hin und her. Dann wurde es ruhiger, während der Frachter seinen Weg fortsetzte.

Ihr neuer Passagier, der etwa so groß wie eine kleine Einkaufstasche war, fiepste leise.

»Entschuldige«, sagte Fiona zu dem süßen Fellknäuel. »Habe ich dir wehgetan? Das wollte ich nicht.«

Fiona versuchte das Halsband, an dem sie den haarigen Schwimmer gepackt hatte, ein wenig zu lockern. Sie befürchtete, ihn beim Herausziehen verletzt zu haben.

Doch da ließ das kleine Knuddeltier auch schon ein freudiges »Wuff« hören und wedelte mit dem Schwanz. Es ging ihm offenbar gut.

»Das war cool«, meinte Aaron, der endlich seine Sprache wiedergefunden hatte.

»Aber auch verdammt knapp«, entgegnete Manuel mit ernster Stimme und steuerte in Richtung Ufer.

Gefährliche Augen

Als sie dem Hafen schon wieder ziemlich nahe waren, begann der Hund im Schlauchboot laut zu bellen, und wollte sich ins Wasser stürzen. Manuel erwischte den kleinen Ausreißer im letzten Moment mit einer blitzartigen Bewegung und hielt ihn fest. »Ey, was soll das denn?« Manuel redete beruhigend auf den Vierbeiner ein. »Noch immer nicht genug geschwommen?«

»Er will zu seinem Frauchen«, erklärte Fiona und deutete in Richtung Flussufer.

Tatsächlich stand dort die alte Frau und winkte ihnen zu. Sie war ihnen an Land ein Stück weit gefolgt.

Am Ufer schloss die Besitzerin ihren kleinen Hund überglücklich in die Arme.

»Wuffi. Was machst du denn für Sachen?«, begrüßte sie ihn und wandte sich dann an Fiona, Manuel und Aaron. »Wie soll ich euch nur danken?«

»Ach, das war doch selbstverständlich«, erwiderte Manuel.

»Wir sind nämlich ein Rettungsteam und Piraten«, ergänzte Aaron stolz.

Die Hundebesitzerin griff nach ihrer Geldbörse. »Dafür habt ihr euch eine Belohnung verdient.«

»Nein, das ist wirklich nicht nötig«, meinte Manuel.

»Wir nehmen kein Geld von Ihnen«, bestätigte auch Fiona.

»Außerdem finden wir bestimmt bald einen Schatz. Dann sind wir sowieso reich«, verkündete Aaron.

»Auf jeden Fall vielen Dank«, rief die Hundebesitzerin.

»Gern geschehen«, antworteten die drei wie mit einer Stimme.

Dann wendete Manuel das Boot und lenkte es wieder hinaus auf den Fluss, während sich Wuffi hinter ihnen mit lautem Bellen verabschiedete.

Aaron stellte sich vorne ins Boot und streckte seinen Holzschwert in die Luft. »Wir sind die Flusspiraten! Alles klar zum Entern!«, brüllte er mit verstellter Stimme. »Gebt ihnen Saures, den spanischen Pfeffersäcken!«

»Ich helfe dir nicht, wenn du ins Wasser fällst«, drohte Fiona.

»Kapitän Morgan gibt niemals auf. Bei meinem Holzbein!«, schrie Aaron nur.

In diesem Augenblick traf das Schlauchboot eine Welle, und es machte einen Hopser. Aaron verlor das Gleichgewicht, und wenn Fiona nicht im letzten Augenblick sein T-Shirt erwischt hätte, wäre er tatsächlich über Bord gegangen.

»Ey, du machst mein Lieblingsshirt kaputt«, quäkte er undankbar.

Fiona machte eine Geste in Manuels Richtung, die so viel heißen sollte wie: Er ist mein Bruder, aber ich kann nichts dafür.

»In jedem Fall sind wir ein gutes Team«, meinte Fiona zu Manuel. »Wir werden in den Sommerferien zusammen eine Menge spannender Abenteuer erleben.«

»Werden wir ganz sicher nicht«, widersprach Manuel. »Gleich skypen wir mit meinem Onkel. Und dann ›Hasta la vista‹. Das heißt ›Auf Wiedersehen‹ auf Spanisch.«

»Ich weiß, was das bedeutet«, erwiderte Fiona giftig und überlegte angestrengt, was sie jetzt machen sollte. Ihr blieb nicht viel Zeit, die Hafeneinfahrt war schon wieder verdammt nahe.

Plötzlich gab es ein lautes Geräusch, so als ob sie gerade über irgendwas drübergefahren wären.

Sofort stoppte Manuel das Boot und schaltete den Motor aus.

»Was war das?«, fragte Fiona.

»Keine Ahnung«, antwortete er. »Manchmal schwimmen die verrücktesten Sachen hier herum. Hoffentlich hat das Boot nichts abbekommen.«

Manuel schaute nach allen Seiten ins Wasser, ob irgendwo Luftblasen aus einem Loch im Schlauchboot aufstiegen. »Noch mal gut gegangen«, stellte er schließlich erleichtert fest.

»Aber womit sind wir zusammengestoßen? Ich kann nirgendwo was sehen«, meinte Fiona.

»Das war bestimmt eine Schatztruhe mit einem Goldschatz«, meldete sich Aaron aufgeregt.

»Ich vermute eher, ein Balken oder ein Baumstamm«, erwiderte Manuel.

»Da ist was, das schaut mich an«, war in diesem Moment Aarons mit einem Mal ziemlich ängstliche Stimme von vorne zu hören.

»Das ist bestimmt ein einäugiger, schwimmender Pirat«, meinte Fiona mit spöttischer Stimme.

»Ich weiß nicht«, stammelte Aaron. »Es hat in jedem Fall ganz böse Augen.« Er schien sich echt zu fürchten.

»Lass mal gucken«, erwiderte Fiona und bewegte sich zu ihrem Bruder.

Und wirklich, vor ihnen trieb etwas im Wasser, das sie aus furchterregenden Augenschlitzen anstarrte. Es war mindestens vier oder fünf Meter lang, und seine Haut sah aus wie ein lederner Panzer.

»Ist das ein Krokodil?«, wollte Aaron von seiner Schwester wissen, während ihm vor Schreck fast die Stimme wegblieb.

»Nein, ein Alligator«, erwiderte Fiona. »Seine Schnauze ist zu breit für ein Krokodil.«

Manuel drängte sich neben sie, um ebenfalls zu sehen, was sich da vor ihnen im Wasser befand. Doch bevor er seinen Blick darauf richten konnte, tauchte das Ding ab und hinterließ nur ein leichtes Kräuseln an der Wasseroberfläche.

»Greift es uns jetzt an?«, erkundigte sich Aaron panisch.

»Nein, es schwimmt weg. Es hat bestimmt mehr Angst vor uns, als wir vor ihm«, antwortete Fiona, und hoffte dabei, dass das wirklich stimmte. »Hast du das auch gesehen?«, fragte sie Manuel.

Manuel schüttelte den Kopf. »Da war was, aber ich konnte es nicht erkennen.«

»Es war ein ausgewachsener Alligator«, stellte Fiona noch einmal fest.

»Quatsch, hier im Fluss gibt es doch keine Alligatoren«, widersprach Manuel.

»Aber vielleicht hat ihn jemand ausgesetzt, oder er ist aus einem Zoo oder einem Zirkus entkommen«, vermutete sie.

Manuel schaute sich um. »Ich sehe nichts.«

»Er muss weggeschwommen sein!«

»Hoffentlich«, bemerkte Aaron.

»Wir müssen sofort zur Polizei«, sagte Fiona. »Dieses Tier muss gefangen werden, bevor es irgendwen angreift.«

Manuel schaute sie unschlüssig an.

»Wir müssen ihn suchen. Wir sind Detektive. Das ist unser erster Fall«, erklärte Fiona.

»Wir sind die Flusspiraten, weil wir eine ganz wilde Detektivbande sind«, fügte Aaron begeistert hinzu.

»Jetzt ist mir klar, was hier los ist«, meinte Manuel finster. »Ihr beide erzählt mir ein Lügenmärchen, damit ich euch nicht von meinem Hausboot werfe. Diesen Alligator gibt es gar nicht.«

»Doch! Und wenn du keine Tomaten auf den Augen gehabt hättest, hättest du ihn auch gesehen.«

»Das stimmt«, kam Aaron seiner Schwester zu Hilfe.

Aber Manuel wirkte keinesfalls überzeugt.

»Da war eine Riesenechse. Ich schwöre es«, versicherte Fiona erneut.

Jetzt wurde Manuels Blick etwas unsicher.

»Wir müssen etwas unternehmen. Sonst sind wir schuld, wenn jemandem etwas passiert. Das willst du doch nicht. Oder?« Fiona redete weiter auf Manuel ein.

Noch einmal verengten sich Manuels Augen. »Ihr lügt mich wirklich nicht an?«

»Nein«, versprachen Fiona und Aaron.

Gequält verzog Manuel sein Gesicht, während er angestrengt nachdachte. »Gut«, meinte er schließlich. »Ich gehe mit euch zur Polizei.«

Alte Bekannte

Eine knappe dreiviertel Stunde später betraten Manuel, Fiona und Aaron das Polizeipräsidium. Es war ein beeindruckendes, altes Gebäude, mit großen Säulen vor dem Eingang.

»Wir müssen in den ersten Stock«, erklärte Fiona und steuerte, ohne zu zögern, auf eine Treppe zu.

»Woher weißt du das?«, fragte Manuel irritiert.

»Ich kenne da jemanden, der uns bestimmt hilft«, antwortete sie leichthin. »Wir arbeiten häufiger zusammen.«

Jetzt war Manuel noch verwirrter. Konnte es sein, dass dieses Mädchen wirklich öfter einem Polizeibeamten half?

Im ersten Stock kam ihnen ein kleiner Mann mit einem dicken Bauch entgegen, der ein wenig aussah wie eine Kugel auf zwei Beinen. Er trug abgewetzte Jeans, ein kariertes Hemd und einen Dreitagebart.

Als Fiona ihn sah, beschleunigte sie ihre Schritte. »Guten Tag, Herr Kommissar Brummer«, begrüßte sie ihn überschwänglich.

Auf dem Gesicht des Kommissars war wenig Begeisterung zu erkennen. »Ach, du schon wieder, Fiona.« Brummers Erwiderung klang wie ein leises Aufstöhnen. »Fährst du denn nicht in Urlaub?«

»Nein, leider nicht. Unsere Mutter muss arbeiten«, berichtete sie.

Brummers Gesichtsausdruck verriet tiefstes Bedauern. »Worum geht es denn dieses Mal?«

»Um einen Alligator«, meldete sich Aaron.

»Ach, du bist auch wieder mit dabei«, stellte Brummer wenig erfreut fest.

»Wir haben ihn im Fluss entdeckt«, ergänzte Fiona.

Das alles schien den Kommissar nicht im Geringsten zu interessieren. »Und wer bist du?«, fragte er Manuel stattdessen.

»Manuel Birkenhain«, erklärte dieser.

»Ist das dein Freund?«, fragte Brummer Fiona mit

plötzlich erwachendem Interesse und verschwörerischem Blick.

Fionas Kopf wurde knallrot. Dieser Kommissar konnte wirklich so widerlich sein!

»Hier geht es um ein sehr gefährliches Tier«, war das Einzige, was sie hervorbrachte. Wütend sah sie,

dass Manuel nur mit Mühe ernst bleiben konnte, während Brummer breit grinste.

»Wir sind jetzt die Flusspiraten und lösen Fälle«, stellte Aaron sie vor.

»So etwas hatte ich befürchtet«, stöhnte Brummer.

»Und wir suchen auch Schätze!«

»Jetzt hör auf, Kommissar Brummer mit deinem Unsinn zu belästigen«, pflaumte Fiona ihren Bruder an.

»Schätze sind kein Quatsch!«, pflaumte der zurück.

»Dann kommt mal mit«, meinte Brummer und klang dabei so, als ob er zu einem wirklich fiesen Zahnarzttermin gehen müsste.

In Brummers Büro mussten sie zuerst einmal ewig darauf warten, dass der Kommissar es schaffte, seinen Uralt-Computer zu starten. »Also dieses Mal geht es um einen Alligator«, meinte Brummer, als die Maschine in Schwung gekommen war.

»Er ist mindestens vier Meter lang«, sprudelte es aus Fiona hervor. »Es muss sofort eine Suchaktion gestartet werden, um ihn zu fangen. Außerdem darf niemand mehr im Fluss baden.«

»Wo habt ihr ihn denn gesehen?«, erkundigte sich Brummer.

»In der Nähe des alten Hafens. Wir waren mit Manuels Boot unterwegs, um einen Hund zu retten«, ratterte Fiona mit Höchstgeschwindigkeit.

»Stimmt das?«, wandte Brummer sich an Manuel.

Manuel nickte.

»Und hast du diesen Alligator auch gesehen?«, erkundigte sich Brummer weiter.

Einen Augenblick zögerte Manuel, dann schüttelte er den Kopf. »Er war schon wieder untergetaucht, als ich hinschaute.«

Brummer fixierte Fiona und Aaron. »Ihr seid also die beiden Einzigen, die dieses Tier gesehen haben.«

»Wahrscheinlich wurde der Alligator ausgesetzt oder ist irgendwo entkommen. Und jetzt ist er bestimmt sehr hungrig«, erklärte Fiona.

»Weißt du, was so eine Suche kostet?«, fragte Brummer. »Und was für eine Panik in der Stadt ausbricht, wenn die Leute deine Alligatorengeschichte hören?«

»Das ist keine Geschichte!«, rief Fiona empört.

Brummer erhob sich. »Das geht nun wirklich zu weit, Fiona. Ich werde mit deiner Mutter sprechen müssen und ihr erklären, dass Irreführung der Behörden eine Straftat ist. Außerdem erhältst du hier Hausverbot.«

»Was soll das denn?«, fragte Manuel empört. »Sie wissen doch gar nicht, ob Fiona und Aaron den Alligator nicht doch gesehen haben. Sich nicht da-rum zu kümmern, ist wirklich total verantwortungslos.«

Brummers Gesicht verfärbte sich vor Empörung rot. »Jetzt hör mir mal gut zu, junger Freund«, blaffte er. »Weißt du, wie oft deine Freundin schon hier war, um angebliche Verbrechen zu melden, die allesamt nur Hirngespinste waren?«

Manuel schaute Fiona irritiert an.

»Es gab jedes Mal Hinweise auf Straftaten«, beeilte die sich zu versichern.

Der Kommissar lachte höhnisch. »Ja, zum Beispiel bei eurem 70-jährigen Nachbarn, den du für einen Rauschgifthändler gehalten hast.«

»Er hat doch Päckchen mit weißem Pulver verkauft«, sagte Fiona.

»Das war ein Vitaminpräparat für Tauben. Und

die Käufer waren allesamt Taubenzüchter im Rentenalter und keine Drogensüchtigen.«

»Gut, da habe ich mich geirrt. Aber dieses Mal ist es wirklich ernst«, beharrte Fiona.

»Klar. So wie bei den angeblichen Todesschreien in der Etage über euch vor einigen Wochen. Die dann in Wirklichkeit von einer Katze kamen. Und der ging es noch nicht einmal schlecht.«

»Doch diesen Alligator haben Aaron und ich ganz sicher gesehen«, versuchte es Fiona noch einmal.

Darauf reagierte Brummer nicht mehr und wandte sich an Manuel: »Ich weiß wirklich nicht, ob deine Freundin nur zu viel Fantasie hat, oder ob sie das alles absichtlich macht. Aber ich kann dir nur raten, dich da rauszuhalten. ... Und jetzt geht ihr besser alle. Bevor ich euch mit einem Streifenwagen nach Hause fahren lasse.«

»Sie machen einen großen Fehler, Herr Brummer«, erklärte Fiona.

Der Kommissar erhob sich drohend hinter seinem Schreibtisch.

Fiona wollte noch etwas sagen. Aber da zog Manuel sie und ihren Bruder schon in Richtung Tür.

Unerwartete Hilfe

»Dieser Brummer ist unmöglich«, tobte Fiona vor der Tür des Polizeikommissars, während Aaron sich eine Handvoll Bonbons in den Mund schob, die er sich noch im letzten Augenblick vom Tisch des Kommissars gemopst hatte.

»Ich glaube eher, dass ihr euch diese Riesenechse nur eingebildet habt. So wie die ganzen anderen angeblichen Verbrechen«, erwiderte Manuel.

»Nein, da war ein Alligator«, rief Fiona wütend. »Und es ist echt mies von dir, dass du mir das nicht glaubst.«

»Genau«, bestätigte Aaron mit vollem Mund.

»Habe ich das richtig verstanden? Hier bei uns im Fluss schwimmt ein Alligator herum?«, fragte plötzlich ein Mann, der unbemerkt an sie herangetreten war. Er trug ein zerknittertes graues Sakko, hatte einen Bauch, der ihm über den Hosenbund hing, und lächelte ziemlich schmierig.

»Wer sind Sie?«, wollte Manuel wissen.

»Oh, Entschuldigung«, erwiderte der Fremde mit einem dicken Grinsen und reichte Manuel eine Visitenkarte. »Ich bin Andreas Zettel vom Abendblatt.«

»Dann kenne ich Sie«, sagte Manuel mit schneidendem Ton.

»Ach wirklich?«, meinte Zettel und klang dabei so freundlich, als ob er und Manuel gerade einen wirklich netten Plausch abhielten.

»Sie haben einen Artikel über meinen Onkel, den Spinnenforscher Bernd Birkenhain, geschrieben«, erklärte Manuel feindselig. »Voller falscher Tatsachen, die meinem Onkel sehr geschadet haben.«

»Vielleicht gab es da einige Missverständnisse«, räumte der Journalist bedauernd ein. »Wenn das so war, dann tut mir das sehr leid.«

»Quatsch, Ihnen ging es nur um Ihre Schlagzeilen. Alles andere war Ihnen egal«, raunzte Manuel und wollte Zettel seine Karte zurückreichen.

Doch bevor er das machen konnte, riss Fiona

ihm das Visitenkärtchen aus der Hand. »Fiona Leybold«, stellte sie sich vor. »Mein Bruder Aaron und ich haben heute Vormittag im Fluss tatsächlich einen Alligator gesehen.«

»Hier bei uns in der Stadt?«, fragte Zettel und schien vor Neugier fast zu platzen.

»Ja«, erwiderte Fiona.

»Fiona, ich glaube, es ist wirklich keine gute Idee, mit diesem Journalisten über die Sache zu sprechen«, ging Manuel dazwischen.

»Und wie sollen die Menschen sonst vor der Gefahr gewarnt werden?«

Schon hielt der Reporter einen Block und einen Kugelschreiber in den Händen. »Du glaubst also, dass von diesem Reptil eine Gefahr ausgeht?«, wollte er von Fiona wissen.

»In jedem Fall«, antwortete sie. »Das Tier ist vier oder fünf Meter lang und bestimmt sehr hungrig. Nicht auszudenken, wenn es jemandem begegnet, der im Fluss badet.«

Zettel nickte und schrieb hektisch. »Ich vermute, darüber habt ihr gerade die Polizei informiert?«

»Die will nichts davon wissen«, erklärte Fiona.

Jetzt machte Zettel sich mit Lichtgeschwindigkeit Notizen und fragte Fiona nach allen Einzelheiten der Geschichte. Schließlich schoss er noch ein Foto von den Geschwistern und ließ sich ihre Namen genau buchstabieren.

Dann verabschiedete der Zeitungsjournalist sich, um noch mit Brummer zu reden, und Manuel, Fiona und Aaron verließen das Präsidium.

»Das ist toll! Schon mit unserem ersten Fall kommen wir in die Zeitung«, jubelte Fiona, sobald sie draußen waren.

»Du spinnst«, warf ihr Manuel vor. »Die Abendzeitung ist ein ganz übles Sensationsblatt. Dieser Schreiberling wird dir jedes Wort im Mund herumdrehen.«

»Und was hätte ich deiner Ansicht nach machen sollen?«, hielt Fiona ihm entgegen. »Abwarten, bis die Echse einen Menschen angegriffen hat?«

Manuel verzog gequält das Gesicht, wusste aber nichts zu antworten.

Der Angriff

Am nächsten Morgen hatte Manuel einen schrecklichen Traum: Er saß hilflos in einem großen Glaskasten und von außen hämmerte ein riesiger Alligator mit seiner Schnauze gegen die Scheibe.

Plötzlich erwachte Manuel. Er riss die Augen auf – und blickte direkt in das Gesicht von Fiona.

Diese klopfte nämlich von draußen gegen das Kajütenfenster neben seinem Bett. Gleichzeitig versuchte sie, ihm etwas zu sagen, was er aber nicht verstand. Ein Alligator wäre ihm lieber gewesen, dachte er genervt und drehte sich auf die andere Seite.

Doch das Geklopfe ging gnadenlos weiter. Endlich richtete Manuel sich wütend auf. »Ich komm ja schon!«, rief er gereizt und stieg aus dem Bett.

»Guten Morgen«, begrüßte Fiona ihn überschwänglich, sobald er das Deck betrat.

»Schon mal was von Privatsphäre gehört?«, raunzte Manuel zurück.

»Es gibt tolle Neuigkeiten«, erklärte Fiona unbeeindruckt und wedelte mit einer Zeitung vor Manuels Nase herum. »Wir haben es geschafft! Sie suchen jetzt nach dem Alligator!«

Manuel riss Fiona die Tageszeitung aus der Hand und schlug sie auf. *Killerbestie bedroht die Stadt!*, stand dort in riesigen Lettern. Außerdem gab es ein großes Bild von einem Alligator mit weit aufgerissenem Maul mit ihrer Heimatstadt im Hintergrund. *Das Beweisfoto: Blutrünstiges Echsenmonstrum schwimmt in unserem Fluss!*, stand darunter. Blitzschnell überflog Manuel den Text. Ein Artikel, der genauso reißerisch und sensationslüstern wie die Überschrift war, und jedem in der Stadt Angst machte, schon im nächsten Augenblick von dem Alligator zerfleischt zu werden.

Aber immerhin suchten Polizei und Feuerwehr jetzt nach dem Reptil, und es wurde davor gewarnt, das Flussufer zu betreten. Baden war ab sofort strengstens verboten.

Offensichtlich hatte das Eingreifen des Journalisten Kommissar Brummer tatsächlich zum Handeln gezwungen.

Außerdem gab es in der Zeitung ein kleineres Foto der beiden Geschwister. *Fiona und Aaron Leybold lieferten die Beweise, die die Polizei zum Handeln zwangen*, stand darunter.

»Welche Beweise meint der?«, fragte Manuel. »Das ist doch kompletter Unsinn, was dieser Schmierfink da schreibt.«

»Wieso?«, fragte Fiona gekränkt. »Aaron und ich haben den Alligator gesehen.«

»Genau«, bestätigte Aaron, der plötzlich hinter Fiona auftauchte. »Gibt's heute gar kein Frühstück?«

»Nein, ich frühstücke normalerweise immer erst nach dem Aufstehen. Und wenn deine Schwester nicht gegen mein Fenster gedonnert hätte, würde ich jetzt noch schlafen«, erwiderte Manuel.

»Ich dachte, du würdest dich über die Neuigkeit freuen. Aber du meckerst nur rum«, warf Fiona ihm vor.

»Ich sage nur, diesem Zettel kann man nicht trauen«, erklärte Manuel. »Und was er da in dem Artikel schreibt, ist wieder nicht korrekt.«

»Aber richtig«, hielt sie dagegen. »Ohne ihn hätte die Polizei noch immer nichts unternommen. Und jede Menge Menschen würden in Gefahr sein. Außerdem hat Zettel den Alligator auch noch fotografiert.«

»Aber wie konnte er diese Echse so schnell finden? Er hatte doch höchstens bis gestern Abend Zeit. Außerdem ist dieses Foto verdächtig reißerisch«, meinte Manuel.

»Du bist ein Miesmacher, dem es vollkommen egal ist, wenn der Alligator jemanden verletzt«, attackierte Fiona Manuel.

»Nein, natürlich nicht«, verteidigte Manuel sich. »Aber mit dieser Aufnahme stimmt was nicht.«

»Können wir jetzt endlich frühstücken?«, schaltete sich Aaron ein. »Zu Hause gab es kaum was, weil Fiona vergessen hat, einzukaufen.«

»Außerdem müssen wir unseren Erfolg feiern«, fügte Fiona schnell hinzu. »Ich laufe mal eben in die Bäckerei und hole ein paar Brötchen.«

Bevor Manuel es verhindern konnte, war sie schon vom Schiff gestürmt. Und ihm blieb nichts anderes übrig, als sich an die Frühstücksvorbereitung zu machen.

Eine halbe Stunde später saßen die drei auf Deck an einem reich gedeckten Tisch. Es gab Fruchtsalat, Rührei, kalten Kakao, Orangensaft und jede Menge anderer Sachen.

»Ciao, noch etwas luftgetrocknete Salami?«, fragte ein kleiner Mann mit einem Oberlippenbart, der mit einer Kiste voller Lebensmittel das Boot betreten hatte, und fröhlich mit einer Wurst in der Luft wedelte.

»Ja«, erwiderte Aaron und riss dem Besucher die Köstlichkeit aus der Hand.

»Das ist Luigi«, stellte Manuel den Neuankömmling vor. »Er will, dass ich dick und rund werde.«

»No, no«, erwiderte Luigi lachend und stellte die Lebensmittelkiste ab. »Aber ohne gutes Essen bist du kein richtiger Mensch, hat meine Mama immer gesagt.«

»Das stimmt«, erklärte Aaron, eine dicke Salamischeibe im Mund.

»Sind das neue Freunde von dir?«, erkundigte sich Luigi bei Manuel.

»Ja, ich bin Fiona und das ist mein Bruder Aaron«, schaltete sich Fiona ein, bevor Manuel den Mund aufmachen konnte. »Wir haben zusammen mit Manuel den Alligator im Fluss entdeckt. Es steht schon in der Zeitung.«

»Madre mia! Dann solltest du jetzt besser bei mir und meiner Frau wohnen«, wandte Luigi sich an Manuel. »Bis sie die Bestie gefangen haben.«

»Nein, hier auf dem Boot bin ich sicher. Außerdem waren die Expeditionen, die ich früher mit meinem Onkel gemacht habe, viel gefährlicher«, widersprach er.

»Das stimmt«, bestätigte Luigi und deutete auf seinen beladenen Dreiradwagen. »Ich kümmere mich dann mal um meine restlichen Lieferungen. Du musst mich aber anrufen, wenn es Probleme gibt. Ciao.«

»Ciao, Luigi«, echoten Manuel, Fiona und Aaron.

Luigi ging zurück zu seinem Fahrzeug, und die Flusspiraten wandten sich wieder ihrer Mahlzeit zu.

»Das Frühstück bei dir ist viel besser als bei uns zu Hause«, lobte Aaron mit vollem Mund. »Deswegen kommen wir jetzt jeden Morgen zu dir.«

»Ganz sicher nicht«, widersprach Manuel entsetzt.

»Aber wir müssen uns einen neuen Fall suchen.

Die Suche nach dem Alligator übernimmt jetzt ja die Polizei«, schaltete sich Fiona ein. »Unserer Nachbarin wurde gestern ihr Fahrrad gestohlen.«

»Aber ich habe keine Zeit«, stellte Manuel klar.

»Ich glaube, da ist was«, meldete sich in diesem Moment Aaron und deutete mit seiner dick mit Rührei belegten Brötchenhälfte in Richtung eines Möwenschwarms, der nahe der Hafenausfahrt auf dem Wasser herumschwamm.

»Die Vögel sind da häufiger«, erklärte Manuel.

»Nein, das meine ich nicht«, sagte Aaron aufgeregt. »Daneben war eben ein dunkler Schatten im Wasser. Bestimmt ein Räuber-U-Boot.«

»Klar, die wollen die Penny Lane versenken und ein paar Möwen entführen«, verulkte Fiona ihren kleinen Bruder.

Doch bevor der reagieren konnte, schoss etwas Dunkles aus dem Wasser und krachte mitten in die Vogelgruppe. Der Alligator!

Mit panischem Gekrächze flatterte der Schwarm davon.

Dann herrschte Stille. Keine Spur mehr von dem Raubtier. Nur auf der Wasseroberfläche schwammen Möwenfedern.

»Der ist ja echt riesig«, meinte Manuel fassungslos.

»Und echt gemein«, fügte Aaron geschockt hinzu. »Die Vögel haben ihm nichts getan.«

»Das hat nichts mit Gut und Böse zu tun«, dozierte Fiona. »Er ist ein Raubtier und muss jagen, um zu überleben.«

»Trotzdem wäre es verdammt übel, wenn er hier irgendeinem Schwimmer begegnen würde«, stellte Manuel fest.

Fiona nickte finster. »Bestimmt hält sich nicht jeder an das Badeverbot.«

Alle drei sprangen so abrupt auf, dass das Geschirr auf dem Tisch laut klirrte, und stürzten in Richtung Schlauchboot davon.

Im Laufen rief Fiona Brummer mit ihrem Handy an. »Schnell, Sie müssen die Tierfänger sofort in den alten Hafen schicken. Der Alligator ist hier!«

»Fiona, ich warne dich, wenn du mich belügst …«, drohte Brummers Stimme in ihrem Ohr.

»Es stimmt aber!«, unterbrach Fiona ihn, beendete das Gespräch und sprang ins Schlauchboot.

Mit dem Beiboot der Penny Lane steuerte Manuel direkt auf die Stelle zu, wo der Angriff auf den

Möwenschwarm stattgefunden hatte. Kurz bevor sie dort waren, schaltete er den Motor aus, um die Echse nicht zu vertreiben.

Angestrengt beobachteten die drei das Wasser.

Und plötzlich entdeckten sie etwas: zwei Augen, die aus dem Wasser ragten und sie anstarrten.

Aaron zog seinen Gürtel aus der Hose und formte damit eine Schlinge. »Damit werde ich den Alligator fangen!«

»Lass das!«, zischte Fiona. »Dieses Vieh verschlingt dich mit einem Happs, wenn du ihm zu nahe kommst.

»So fängt man Krokodile aber. Das habe ich in einem Film gesehen«, verteidigte sich Aaron.

»Pst«, machte Manuel leise. »Wir beobachten ihn nur und warten auf die Tierfänger.«

Fiona starrte wie gebannt zu den Alligatorenaugen hinüber. Sie konnte nicht anders. Wie bei einer Schlange, die einen hypnotisiert. Ihr wurde total unheimlich zumute.

Plötzlich glitt die Riesenechse direkt auf sie zu. Rasend schnell. Fiona musste dran denken, wie sie sich auf die Möwen gestürzt hatte. »Er greift uns an!«, kreischte sie.

Im gleichen Augenblick ließ Manuel den Motor aufheulen, und sie rasten davon.

»Das war knapp«, meinte Fiona, als Manuel in einiger Entfernung wieder vom Gas ging.

»Ich glaube zwar nicht, dass er das Boot angegriffen hätte«, erwiderte Manuel. »Aber sicher ist sicher.«

»Vielleicht ist er ja kurzsichtig und hat uns mit einem Nilpferd verwechselt, das er fressen wollte«, gab Aaron zu bedenken.

»Ich kann ihn nirgendwo mehr sehen«, stellte Manuel fest. »Er scheint untergetaucht zu sein.«

»Da kommt Verstärkung.« Fiona deutete auf ein Polizeiboot, das mit hoher Geschwindigkeit auf sie zukam.

Kurz darauf hatte es sie erreicht. Vorne auf Deck stand ein großer, bärtiger Mann mit einer langen Stange in der Hand, an der sich eine Schlinge befand. Das musste der Tierfänger sein.

»Der Alligator ist gerade direkt auf uns zugeschwommen«, rief ihm Fiona zu. »Da vorne, am Hafeneingang.«

»Dann geht ihr jetzt besser mal an Land«, erwiderte der Bärtige. »Um den Rest kümmern wir uns.«

Verhaftet

Von der Penny Lane aus beobachteten Manuel, Fiona und Aaron die Alligatorensuche, an der sich schließlich mehr als zehn Boote beteiligten. Doch auch am Mittag gab es noch immer nicht die geringste Spur von dem Raubtier.

Aber dafür gab es an Deck des Hausboots einen gedeckten Tisch mit einer riesigen Schüssel Spaghetti mit grünem Pesto, das Manuel aus Basilikum, gerösteten Pinienkernen, Parmesan und Olivenöl frisch zubereitet hatte.

»Mmmhhh, lecker«, meinte Aaron und zog eine Riesenmenge Nudeln in seinen Mund.

»Wirklich absolut köstlich«, bestätigte Fiona.

»Das ist ein Rezept von Luigis Frau, das sie mir beigebracht hat«, erklärte Manuel.

In diesem Augenblick betraten zwei Polizeibeamte die Penny Lane. »Seid ihr Manuel Birkenhain und Fiona und Aaron Leybold?«, fragte der größere von den beiden.

»Ja, das sind wir«, erwiderte Fiona.

»Dann kommt mal mit«, sagte der andere, der kleiner und dicker war. »Wir sollen euch aufs Präsidium bringen.«

»Aber zuerst essen wir auf«, rief Aaron und stopfte sich weitere Spaghetti in seinen pestoverschmierten Mund.

»Das geht nicht. Ihr müsst uns sofort begleiten«, erklärte der Große ziemlich unfreundlich.

»Wir müssen gar nichts«, erwiderte Manuel.

»Doch«, stellte der Polizeibeamte fest. »Ihr seid nämlich vorläufig festgenommen.«

»Was?«, fragte Fiona entgeistert.

»Anweisung von Kommissar Brummer!«, erklärte der Dicke knapp.

»Warum das denn?«, hakte Fiona nach.

»Das erklärt euch der Kommissar selber«, beschied ihnen der Große.

»Was für ein Unsinn«, empörte sich Manuel. »Wir haben nichts getan. Außerdem können Sie keine

Kinder verhaften. Haben Sie überhaupt einen Haftbefehl?«

Die beiden Polizisten schauten sich verunsichert an. »Dann sprechen wir eben erst mal mit euren Erziehungsberechtigten!«

Doch plötzlich wurde es Manuel total mulmig zumute, und er musste an Fionas Erpressung vom Vortag denken. Die Polizei fand es vielleicht wirklich nicht okay, dass er alleine auf der Penny Lane wohnte. »Ist schon in Ordnung«, lenkte er daher schnell ein.

Ohne weitere Diskussion standen die Flusspiraten vom Tisch auf und folgten den beiden Beamten zu ihrem Streifenwagen.

Die Fahrt zum Polizeipräsidium dauerte ziemlich lange, weil die Brücke, die sie überqueren mussten, von Gaffern blockiert war, die den Fluss nach dem Alligator absuchten.

Endlich erreichten sie zusammen mit den beiden Beamten das Büro von Brummer.

»Hier sind die drei Delinquenten«, sagte einer der Polizisten und verließ dann zusammen mit seinem Kollegen den Raum.

»Dieses Mal bist du wirklich zu weit gegangen, Fiona«, begrüßte sie Brummer und schaute sie dabei mit strengem Blick an. »Durch deine Alligatorenlüge hast du die ganze Stadt in Angst und Schrecken versetzt. Auf der Uferstraße hat es bei einer Panik sogar schon Verletzte gegeben.«

»Was soll das?«, empörte sich Fiona. »Diese Riesenechse gibt es wirklich.«

»Heute Morgen ist dieses Vieh direkt auf unser Boot zugeschwommen«, bestätigte Manuel.

»Weil es uns mit einem Nilpferd verwechselt hat und uns fressen wollte«, fügte Aaron hinzu.

Brummer schüttelte fassungslos den Kopf. »Dass du dich da auch reinziehen lässt«, meinte er zu Manuel. »Ich habe dich für vernünftiger gehalten.«

»In der Zeitung gibt es sogar ein Beweisfoto von dem Alligator«, sagte Fiona.

»Genau darum geht es«, meinte Brummer und packte das Zeitungsblatt mit dem Alligatorenbild vor sich auf den Tisch. »Mir kam diese Aufnahme seltsam vor. Deswegen habe ich sie von der Kriminaltechnik untersuchen lassen. Sie ist eindeutig eine Fälschung, und noch nicht einmal eine besonders gute.«

»Das war dieser Zettel!«, platzte es aus Manuel heraus.

»Herr Zettel hat mir versichert, dass er den Fotobeweis von Fiona bekommen hat.«

»Das stimmt nicht! Ich würde nie einen Beweis erfinden«, rief diese.

Brummer fixierte sie mit einem stechenden Blick. »Ach ja? Bei diesem Taubenzüchter bist du sogar eingebrochen, um dir einen Beleg für seinen angeblichen Drogenhandel zu beschaffen.«

Bevor sie etwas erwidern konnte, betrat eine Frau das Zimmer. Sie war etwa vierzig Jahre alt, wirkte bleich und übernächtigt und war ebenso zierlich wie Fiona.

»Mama«, empfingen die beiden Geschwister sie freudestrahlend.

»Nett, dass wir uns einmal persönlich kennenlernen, Frau Leybold«, begrüßte sie Kommissar Brummer. »Ich muss leider sagen, aus keinem sehr erfreulichen Anlass.«

»Was ist denn passiert?«, fragte Fionas Mutter erschrocken.

»Dieser Journalist von der Zeitung behauptet, dass ich ihm ein gefälschtes Bild von dem Alligator im Fluss gegeben habe. Das Foto ist aber nicht von mir«, schoss es aus Fiona hervor.

»Ihre Tochter hat gestern einem Reporter berichtet, dass sie einen Alligator im Fluss gesehen hat«, erklärte Brummer.

»Ich weiß. Das haben Fiona und Aaron mir gestern Abend erzählt, bevor ich zum Nachtdienst ins Krankenhaus gegangen bin«, erklärte Frau Leybold.

»Mit dieser Lüge hat Fiona ein Riesenchaos in der Stadt angerichtet«, sagte Brummer.

Kampfbereit richtete Frau Leybold sich auf. »Fiona ist keine Lügnerin. Sie hat vielleicht manchmal eine etwas lebhafte Fantasie. Aber sie würde nie bewusst die Unwahrheit sagen«, stellte sie fest.

Brummer wies mit seinem Finger auf die Zeitungsaufnahme. »Dieses Bild ist eindeutig manipuliert.«

»Aber damit hat meine Tochter ganz sicher nichts zu tun«, erwiderte Fionas und Aarons Mutter entschieden.

»Genau! Dieser Journalist, der das Fiona in die Schuhe schieben will, verdreht ständig die Wahrheit«, schaltete sich Manuel ein. »Der steckt bestimmt hinter der Fälschung.«

»Außerdem hat uns der Alligator heute fast gefressen«, fügte Aaron stolz hinzu.

»Was?«, fragte seine Mutter entsetzt.

»Na ja, ganz so schlimm war es nicht«, stellte Manuel klar.

»In jedem Fall war dieses Vieh wieder da, im alten Hafen«, schaltete sich Fiona ein.

»Wo aber seltsamerweise eine ganze Flotte von Booten keinerlei Spur von dieser angeblichen Echse entdeckt hat«, fuhr Brummer sie an.

»Alligatoren können bis zu einer Stunde unter Wasser bleiben«, dozierte Fiona unerschrocken. »Und der Lärm von den ganzen Schiffsmotoren hat ihn bestimmt vertrieben.«

Brummer gab ein lautes Schnaufen von sich, so als ob ein tonnenschweres Gewicht auf ihm lasten würde. Dann wandte er sich an Frau Leybold. »Durch diese Aktion entstehen immense Kosten. Und dafür können auch die Eltern der Kinder haftbar gemacht werden. Falls sie ihre Aufsichtspflicht verletzen«, drohte er.

»Wenn Fiona, Aaron und ihr Freund erklären, dass sie dieses Tier gesehen haben, dann stimmt das«, versicherte Fionas und Aarons Mutter. »Und es ist Aufgabe der Polizei, diese Gefahr zu beseitigen.«

»Frau Leybold, wir wissen, was wir zu tun haben. Aber Sie sollten Ihren Kindern ins Gewissen reden.«

»Können wir jetzt gehen?«, fragte Frau Leybold.

Brummer nickte. »Sie und Ihre beiden Kinder, ja. Manuel muss von einem Erziehungsberechtigten abgeholt werden«, erklärte der Kommissar.

»Aber Manuel ist heute die ganze Zeit mit uns zusammen. Sein Onkel kommt erst spät am Abend zurück.« Fiona schaute ihre Mutter bettelnd an.

»Ich kann Manuel mitnehmen«, sagte Frau Leybold. »Er kann ja nicht den ganzen Tag hier auf der Polizeiwache herumsitzen.«

Brummer überlegte kurz. »Einverstanden«, meinte er schließlich. »Aber ich hoffe sehr, dass ich Sie und die Kinder hier so bald nicht wiedersehe.«

»Das geht mir ebenso«, erwiderte Fionas Mutter.

Dann verließen alle so schnell wie möglich Brummers Büro.

Eine neue Spur

Erst am Abend kehrte Manuel auf die Penny Lane zurück.

Frau Leybold hatte nämlich darauf bestanden, dass er den Tag zusammen mit ihr und den Geschwistern verbrachte, weil er ja sonst alleine gewesen wäre.

Zuerst einmal entsorgte Manuel die Reste ihrer Mittagsmahlzeit. Dann spülte er das Geschirr. Gerade als er damit fertig war, hörte er plötzlich hinter sich ein Geräusch.

Es waren Fiona und Aaron, die in der Kombüsentür standen. Fiona hielt eine Videokamera in der Hand, Aaron hatte wie üblich sein Holzschwert im Gürtel stecken.

»Wir müssen sofort auf den Fluss hinaus und den

Alligator suchen, bevor es dunkel wird«, meinte Fiona.

»Aber das sollen wir doch der Polizei überlassen. Du hast es deiner Mutter versprochen«, erwiderte Manuel.

»Stimmt«, meinte sie mit hörbar schlechtem Gewissen. »Aber die Polizei kümmert sich nicht mehr darum.«

»Und Mama weiß nichts davon, dass wir weggegangen sind. Weil sie die ganze Nacht über arbeitet«, fügte Aaron hinzu.

»Sie haben die Suche endgültig eingestellt. Und jeder, der will, kann wieder im Fluss baden. Das kam eben in den Nachrichten«, erzählte Fiona.

»Die sind ja total wahnsinnig geworden«, entfuhr es Manuel.

Fiona hielt die Kamera in die Höhe. »Wenn wir den Alligator filmen, müssen sie uns glauben!«

Manuel nickte. »Ja, uns bleibt wohl nichts anderes übrig.«

Als sie kurz darauf mit dem Schlauchboot auf den Fluss hinausglitten, begann es bereits zu dämmern. Lange würden sie nicht mehr suchen können.

»Vielleicht kehrt er ja wieder hierhin zurück, nachdem die ganzen Polizei- und Feuerwehrboote verschwunden sind«, spekulierte Fiona.

»Hoffentlich«, meinte Manuel und fuhr ein Stück weiter stromaufwärts. Dann schaltete er den Motor aus, und ließ sie von der Strömung in Richtung Hafen zurücktreiben. Er wollte den Alligator nicht durch den Motorenlärm vertreiben.

Alle drei suchten mit Ferngläsern den Fluss ab.

Die Sonne war bereits vollständig hinter den Häusern auf der anderen Uferseite verschwunden. Auf dem Wasser bewegte sich nicht viel. Nur ein mittelgroßes Motorboot kreuzte sehr langsam stromaufwärts in einiger Entfernung.

»Es tut mir leid, dass ich gedacht habe, dass du mich anlügst«, meinte Manuel.

»Dann sind wir jetzt also die Flusspiraten?«, wollte Fiona wissen.

Manuel zögerte einen Moment, dann nickte er. »In Ordnung, einverstanden!«

»Das ist stark«, sprudelte es aus Aaron hervor. »Dann können wir als Nächstes nach Piratenschätzen suchen.«

Fiona verdrehte hinter ihrem Feldstecher die Augen, sagte aber nichts, weil es eh keinen Sinn hatte, mit Aaron zu diskutieren.

»Irgendwas mit diesem Boot da ist seltsam«, meldete sich in diesem Moment Manuel.

Auch Fiona und Aaron schauten zu der Motorjacht hinüber.

Aber trotz der Feldstecher war es in der aufkommenden Dunkelheit schwer, etwas Genaues zu erkennen.

Das Boot fuhr jetzt gar nicht mehr, sondern lag an einer Stelle. Vier Gestalten beugten sich über eine Bordseite des Schiffs. Einer von ihnen hielt eine Art Stange in der Hand.

»Was machen die da?«, rätselte Manuel.

Im nächsten Moment sahen sie es: Die Typen auf der Jacht hievten etwas an Bord. Etwas, das fast so lang war wie das ganze Boot.

»Sie haben den Alligator gefangen«, stellte Manuel fest.

Fiona richtete ihre Videokamera auf das Tierfängerschiff. »Mist, da ist nichts zu erkennen«, meinte sie. »Sie sind zu weit weg und außerdem ist es schon zu finster. Trotzdem wird sich Brummer morgen bei uns entschuldigen müssen.«

»Kriegen wir jetzt eine Belohnung?«, wollte Aaron wissen.

»Dieses Schiff scheint nicht von der Polizei oder Feuerwehr zu sein. Es sieht wie ein Privatboot aus«, meinte Manuel.

»Das sollten wir uns mal näher anschauen«, schlug Fiona vor.

Manuel nickte und setzte das Schlauchboot in Richtung Alligatorenfänger in Bewegung.

Aber kaum waren sie etwas näher gekommen, startete das andere Schiff. Es steuerte flussaufwärts, und zwar mit ziemlich hoher Geschwindigkeit.

»Da kommen wir nicht mit«, stellte Manuel fest, gab aber trotzdem Vollgas.

»Bleib so lange wie möglich dran«, rief Fiona. Angestrengt bemühte sie sich, durch ihr Fernglas den Schriftzug vorne am Bug zu entziffern. Das war von einer schaukelnden Nussschale aus, in der Dämmerung, gar nicht so einfach.

Aber mit Mühe und Not konnte sie schließlich die ersten drei Buchstaben des Bootsnamens lesen: *S, a, n* lauteten sie. Mehr konnte sie nicht erkennen, egal wie sehr sie sich auch anstrengte.

Manuel raste noch eine Weile hinter dem immer kleiner werdenden Tierfängerschiff her, bis es um eine Flussbiegung fuhr, und endgültig aus ihrem Blickfeld verschwand. »Das hat keinen Sinn mehr«, stellte er fest, drosselte den Motor und wendete.

»Echt seltsam«, meinte Fiona. »Sie fangen den Alligator und rasen dann mit Vollgas davon. Als ob sie etwas zu verbergen hätten.«

»Wahrscheinlich wollen sie das Vieh nur möglichst schnell wieder loswerden«, erwiderte Manuel. »Mit einem Alligator zusammen auf einem kleinen Boot zu sein, ist sicher nicht sehr angenehm.«

»Oder es waren Räuber«, warf Aaron ein. »Sie haben den Alligator geraubt und wollen jetzt Handtaschen aus ihm machen.«

»Das glaube ich nicht«, widersprach Manuel. »Morgen früh kommt es bestimmt überall in den Nachrichten, dass der Alligator gefangen ist.«

»Ja, beim Frühstück wissen wir mehr«, meinte auch Fiona. Sicherheitshalber schaute sie sich während der Rückfahrt noch einmal die Aufnahme ihrer Kamera an. Aber darauf war wirklich nicht das Geringste zu sehen.

Auf der Penny Lane beendeten die Flusspiraten ihre Ermittlungen für diesen Tag und trennten sich.

Schon wieder eine Suche

Am nächsten Morgen platzten Fiona und Aaron in die Kombüse der Penny Lane, als Manuel dort gerade das Frühstück vorbereitete.

»Mit diesen Alligatorenfängern ist was oberfaul«, verkündete Fiona. »Nirgendwo im Internet oder im Fernsehen wird darüber berichtet, dass der Alligator gefangen wurde.«

Manuel nickte. »Das ist mir auch schon aufgefallen.«

»Bestimmt haben die Räuber den Flussalligator schon in eine Handtaschenfabrik gebracht. Wir müssen ihn sofort finden«, ereiferte sich Aaron.

»Nein, zuerst müssen wir mal was essen«, widersprach Manuel und verließ die Kombüse mit einem Tablett voller Leckereien.

Ein paar Minuten später saßen die Flusspiraten an Deck an einem reich gedeckten Frühstückstisch.

»Ich frage mich nur, was dahintersteckt«, überlegte Manuel. »Warum fängt jemand heimlich ein solches Tier?«

»Sag ich doch, wegen der Handtaschen«, meinte Aaron.

»Vielleicht hat Aaron ja irgendwie recht«, stimmte Fiona ihrem kleinen Bruder ausnahmsweise mal zu. »Alligatoren stehen unter Schutz. Für einen Tierhändler kann ein solches Exemplar ziemlich viel wert sein.«

»Das ist möglich«, erwiderte Manuel. »Jeder wusste, dass die Echse hier herumschwimmt. Bestimmt haben sich diese Typen deswegen auf die Suche nach ihr gemacht.«

»Oder es sind illegale Tierhändler, denen dieses Reptil vorher irgendwie in den Fluss entkommen ist«, spekulierte Fiona. »Das würde erklären, dass sie weitergesucht haben, nachdem es überall hieß, es würde gar keinen Flussalligator geben.«

»Dazu würde passen, dass noch niemand so ein Vieh als vermisst gemeldet hat«, pflichtete Manuel ihr bei.

»In jedem Fall hat es wohl keinen Sinn, Kommissar Brummer über unsere Beobachtung von gestern Abend zu informieren«, stellte Fiona fest.

Manuel nickte. »Der behauptet nur wieder, dass wir lügen.«

»Aber wir können was anderes machen«, meinte Fiona plötzlich und griff nach ihrem Handy. Sie stellte ihr Telefon auf laut und wählte dann mit einem Tastendruck eine gespeicherte Nummer.

»Hier Kommissar Brummer«, meldete sich nach einigen Freizeichen eine bekannte Stimme.

»Hallo, Herr Brummer«, sprach Fiona mit verstellter Stimme. »Hier Irene Brezelbach vom Abendecho. Gibt es inzwischen neue Informationen zu dem Alligator? Weiß man, wo er herstammt?«

»Fiona, das bist du doch. Ich erkenne deine Stimme ganz genau«, kam Brummers gereizte Antwort aus dem Handylautsprecher.

Bevor der Kommissar weiterreden konnte, legte Fiona auf. »So ein Mist«, fluchte sie. »Dieser Brummer ist gar nicht so doof, wie er aussieht.«

»Der hätte uns sowieso nicht weitergeholfen«, tröstete sie Manuel. »Aber ich weiß, wie wir nach dem Alligator suchen können.«

»Klar, wir müssen nur gucken, wo eine Handtaschenfabrik ist. Da sind dann auch die Alligatorendiebe«, fiel Aaron ihm ins Wort.

»Oder wir suchen die Jacht, die wir gestern gesehen haben«, erklärte Manuel, der inzwischen auch wusste, dass man Diskussionen mit Aaron besser aus dem Weg ging. »Ich glaube nicht, dass sie ihren Fang damit ewig weit transportiert haben. Dafür war ihr Schiff zu klein. Bestimmt liegt es irgendwo hier in der Nähe in einem Hafen.«

»Also nichts wie los«, meinte Fiona und stand entschlossen auf.

Um Haaresbreite

Eine knappe Stunde später erreichten Manuel, Fiona und Aaron mit dem stromaufwärts fahrenden Beiboot der Penny Lane die Grenzen der Stadt. Zunächst kam noch ein Campingplatz, danach wuchs am Flussufer nur dichter Wald.

»Zwischen diesen Bäumen gibt es bestimmt eine Menge Räuberverstecke«, meinte Aaron und deutete in Richtung Ufer.

»Aber keine Anlegestelle für ein Boot«, bemerkte Fiona.

Manuel deutete auf eine Karte, die vor ihm lag. »Der nächste Hafen kommt in ein paar Kilometern. Vielleicht haben wir da Glück«, erklärte er.

»Da ist was«, brüllte Aaron plötzlich und deutete aufgeregt in Richtung Wald.

Wo er hinzeigte, war nichts außer Bäumen.

»Was soll denn da sein?«, fragte Fiona gereizt.

Doch im nächsten Moment entdeckte Fiona tatsächlich etwas – ein goldenes Aufblitzen. »Warte mal«, rief sie Manuel zu und griff nach dem Fernglas, das sie mitgenommen hatte. Das grelle Licht blendete sie für einen Moment. Dann sah sie, dass es von einer Fensterscheibe im Wald stammte, in dem sich die Sonne spiegelte.

»Lass mich auch mal«, krächzte Aaron und riss ihr den Feldstecher aus der Hand. »Ich habe den Schatz gefunden!«

»Es ist ein kleines Holzhaus, zwischen den Bäumen, direkt am Ufer«, erklärte Fiona.

»Vielleicht ein Bootshaus. Das sollten wir uns mal anschauen«, sagte Manuel und lenkte das Schlauchboot in Richtung Ufer. Schließlich sprang er ins Wasser und zog das Gefährt an Land.

»Blöd, dass das kein Piratenschatz ist«, sagte Aaron enttäuscht, als er die Fensterscheibe sah, die die Sonne reflektierte.

»Ohne dich hätten wir das Gebäude nie gefunden«, tröstete ihn Manuel. »Und vielleicht ist ja das Boot drin, das wir suchen.«

»Das von den Räuber aus der Handtaschenfabrik«, meinte Aaron mit erneuter Begeisterung.

Fiona fand das Haus unheimlich und düster. Obwohl es vorne auf den Fluss hinausragte, wurde es praktisch von dem dunklen Wald verschluckt. Sein Holz war von Wind und Wetter ganz grau geworden. Vorne, im Wasser, gab es ein Tor, durch das Boote in den Unterstand hineinfahren konnten.

Vor der Fensteröffnung, die die Sonne zurückgeworfen hatte, befand sich ein Gitter. Fiona versuchte, durch die Scheibe hindurchzublicken, konnte aber nichts erkennen. In der Hütte war es dunkel, und das Glas war blind vor Schmutz.

Vorsichtig schauten sie sich um. Niemand außer ihnen schien hier zu sein.

Zu dem Bootsgebäude führte von Land her ein Weg. Trotz des trockenen Wetters gab es darauf einige schlammige Stellen.

Fiona deutete auf eine Reifenspur im Matsch, die auffällig breit war. »Die ist noch nicht besonders alt«, stellte sie fest.

»Könnte von einem Lastwagen stammen«, vermutete Manuel.

»Wir sollten uns unbedingt mal in diesem Bootshaus umgucken«, schlug Fiona vor.

Manuel nickte. »Schätze, wir müssen versuchen, unter dem Bootstor durchzutauchen.«

»Vielleicht geht es auch anders«, widersprach Fiona, zog eine Haarklammer aus ihrer Frisur und formte im Handumdrehen daraus einen Dietrich. Schon einen Augenblick später machte sie sich am Schloss der Hüttentür zu schaffen.

»Das machst du wohl nicht zum ersten Mal?«, fragte Manuel.

»So sind wir auch schon in die Wohnung von unserem Nachbarn reingekommen«, erklärte Aaron stolz.

»Das war der Taubenzüchter, von dem ich dachte, dass er mit Drogen handelt«, beeilte Fiona sich zu erklären. »Detektive sollten natürlich nur im äußersten Notfall zu solchen Mitteln greifen.«

»Und Möchtegernschnüffler eigentlich gar nicht«, sagte Manuel trocken.

Fiona schaute ihn herausfordernd an. »Soll ich die Tür nun aufmachen oder nicht?«

»Jetzt sei nicht so empfindlich«, erwiderte Manuel.

Im nächsten Augenblick gab es ein leises Klicken im Schloss. Es war offen.

Aaron drängte sich neben Fiona. »Wenn wir Gold in der Hütte finden, gehört es uns. Räuber haben nämlich immer Schatzkisten.«

»Geh zur Seite!«, zischte Fiona und wollte Aaron von sich wegschieben. »Da ist kein Schatz. Und selbst wenn, dann würde er nicht uns gehören.«

»Schätze darf man immer behalten!«, keifte Aaron und stampfte wütend auf den Boden.

»In jedem Fall würden wir einen Finderlohn bekommen«, versprach Manuel.

Plötzlich wurde Aarons Gesichtsausdruck ziemlich ängstlich. »Und was ist, wenn der Alligator hinter der Tür auf uns lauert?«, wollte er wissen. »Vielleicht ist er ja noch gar nicht in der Handtaschenfabrik.«

»Die lassen ihn bestimmt nicht frei herumlaufen, nachdem sie ihn gerade erst eingefangen haben«, versuchte Manuel, Aaron zu beruhigen.

Dieser nickte, trat aber trotzdem vorsichtshalber einen Schritt zurück.

Langsam öffnete Fiona die Tür.

In der Hütte war es fast dunkel. Durch das verschmutzte Fenster fiel nur wenig Licht. Nach und nach gewöhnten sich ihre Augen an die Dämmerung. Tatsächlich lag im Schuppen ein Motorboot. Und es sah genauso aus wie das, das sie am letzten Abend gesehen hatten.

»Am besten, du wartest draußen«, raunte Fiona ihrem Bruder zu.

Der nickte ausnahmsweise mal ohne den geringsten Widerspruch.

Langsam gingen Fiona und Manuel in den Bootsschuppen. Plötzlich war vom Boot her ein Geräusch

zu hören. Es klang wie ein Knurren, gleich darauf gab es ein wütendes Bellen. Es kam von einem großen, dunklen Hund, der zum Glück angebunden war. Direkt beim Steuer des Motorboots. Wohl, damit sich niemand traute, es zu stehlen.

»Warte hier«, flüsterte Manuel und ging näher an das Schiff heran.

Fiona folgte ihm. Denn Manuel sollte nicht glauben, dass sie mehr Angst hatte als er.

Vorsichtig betraten sie einen Bootshaussteg neben dem Motorschiff. Das Gebell wurde immer wütender. Vor ihnen fielen durch einzelne Ritzen des Eingangstors Lichtstrahlen. Einer davon traf den Bootsnamen am Bug: *Santa Maria* war da zu lesen.

Fiona deutete darauf. »Die ersten Buchstaben des Namens sind *S, a, n*. Die gleichen, die ich auch gestern erkannt habe. Wir haben es gefunden«, erklärte sie erfreut.

Doch im nächsten Moment erstarrte sie.

Der Wachhund bewegte sich direkt auf sie zu. Er hatte sich losgerissen!

Fiona und Manuel wollten sich in Richtung Eingangstür zurückziehen. Doch schon hatte ihnen der zähnefletschende Aufpasser den Rückweg abgeschnitten. Gleich würde er sie angreifen.

Fiona konnte sich vor Angst kaum noch bewegen.

Plötzlich spürte sie Manuels Griff an ihrem Arm.

Er zog sie weiter in das Bootshaus hinein, nach vorne zu dem Tor, das zum Fluss hinausführte. »Geh ganz langsam«, raunte er ihr zu.

Während sie sich vorsichtig Schritt für Schritt rückwärtsbewegten, behielten sie den Hund im Auge. Der folgte ihnen mit leisem Knurren und kam dabei immer näher.

Endlich hatten sie das vordere Ende der Motorjacht erreicht. In diesem Moment war ein wütendes Kläffen zu hören, und Fiona konnte sehen, wie der Schäferhund zum Sprung ansetzte.

»Das Tor! Wir müssen tauchen!«, brüllte Manuel und riss sie zur Seite weg.

Fiona atmete, so tief sie konnte, ein. Dann stürzten sie ins Wasser.

Gleich darauf gab es ein weiteres Platschen. Das musste der Hund gewesen sein.

Manuel schwamm unter Wasser in Richtung Bootstor. Fiona folgte ihm.

Als sie dem Ausgang näher kamen, stellte sie erschrocken fest, dass das Tor bis tief nach unten in die trübe Flussbrühe hinunterreichte, ohne dass man sein unteres Ende erkennen konnte.

Gedämpft konnte Fiona das wütende Bellen ihres Verfolgers hören. Über ihr, direkt unter der Wasseroberfläche, paddelten hektisch seine Beine. Wenigstens konnte das Tier nicht hinter ihnen hertauchen.

Manuel glitt mit kräftigen Schwimmzügen tiefer nach unten. Fiona bemühte sich, möglichst nah an ihm dranzubleiben, um ihn nicht zu verlieren.

Endlich erreichten sie den Flussgrund, wo man kaum noch etwas sah. Doch zwischen dem Holztor und dem Boden gab es nur eine Lücke von wenigen Zentimetern. Unmöglich, da durchzukommen.

Fiona spürte, wie ihre Luft langsam knapp wurde. Nicht mehr lange und sie musste wieder auftauchen. Direkt hinauf zu den spitzen Zähnen des Wachhunds.

Verzweifelt tastete Fiona sich an den Holzlatten entlang. Als sie schon aufgeben wollte, griff ihre Hand ins Leere: ein Loch, gerade groß genug.

Aber wo war Manuel? Sie blickte sich um, entdeckte sein Bein und zog ihn zu sich heran. Sobald sie sich sicher war, dass Manuel sie sah, zog sie sich durch die Toröffnung.

Plötzlich hielt sie etwas fest. Ihr Kleid musste sich irgendwo verfangen haben. Sie schob sich mit aller Kraft vorwärts, um freizukommen. Aber es half nichts. Von der Anstrengung und dem Luftmangel wurde ihr ganz schwarz vor Augen. Panik kam in ihr auf. Bestimmt würde sie gleich ohnmächtig.

Da sah sie aus den Augenwinkeln, wie Manuels Hand den Stoff von einem zersplitterten Brett löste.

Sie war frei, gelangte endgültig nach draußen und rauschte mit letzter Kraft nach oben.

Als sie die Wasseroberfläche durchbrach, füllte sich ihre Lunge sofort mit frischer Luft.

Im nächsten Augenblick schoss Manuel neben ihr empor.

Einen Moment lang rangen beide nach Atem, dann kraulten sie, so schnell es ging, zu ihrem Schlauchboot am Ufer, neben dem Aaron stand.

Aus dem Bootshaus war wütendes Gebell zu hören.

Ängstlich behielten Fiona und Aaron die Bootshaustür im Auge. Der Schäferhund konnte jeden Augenblick dort hinausstürmen.

»Ist da drinnen ein Räuberhund?«, begrüßte sie Aaron mit ängstlicher Stimme, als sie aus dem Wasser stiegen.

Für eine Antwort blieb keine Zeit. Denn in dieser Sekunde schoss der Wachhund aus dem Bootsunterstand und raste direkt auf sie zu.

»Schnell, ins Boot«, brüllte Manuel.

Aaron sprang hinein, und Manuel und Fiona

schoben ihr Transportmittel, so schnell es ging, in den Fluss.

Sobald das Boot im Wasser trieb, schwangen sie sich an Bord.

Vom Ufer her war Gebell zu hören. Der Wachhund stürzte sich ins Wasser und schwamm ihnen nach.

Manuel wollte den Motor starten, der aber nur ein gurgelndes Geräusch von sich gab.

Noch einen Meter und der kläffende Verfolger hatte sie fast erreicht.

Fiona schaute sich nach irgendwas um, womit sie den Hund abwehren konnte, fand aber nichts.

Jetzt war die Schnauze mit den gefletschten Zähnen fast an der Bootswand.

Endlich gelang es Manuel, den Schiffsantrieb zum Laufen zu bringen. Sofort machte das Boot einen Satz nach vorne, und sie rasten davon.

Schnell fiel ihr Jäger zurück, und schließlich konnten sie sehen, wie er aufgab und in Richtung Ufer abdrehte.

Die Schnulzenlady

Als Manuel, Fiona und Aaron zur Penny Lane zurückkehrten, waren sie von dem Abenteuer im Bootshaus total erschöpft.

Manuel ging in die Kombüse, um eine kleine Stärkung zuzubereiten.

Währenddessen machten Fiona und Aaron es sich im ehemaligen Hauptladeraum gemütlich. Was für Fiona jedoch gar nicht so einfach war, wegen der ganzen Spinnen in den Terrarien.

All das vergaß sie jedoch, als Manuel mit einem Tablett mit drei riesigen, eiskalten Gläsern selbstgemachter Limonenlimonade und einer Schüssel knuspriger Haferkekse den Raum betrat.

»Köstlich«, schwärmte Fiona nach einem großen Schluck aus einem der Trinkgläser und wunderte sich, dass Aaron die Leckereien noch nicht in sich hineinstopfte.

Doch der war in einer Ecke in einem riesigen Ohrensessel erschöpft eingeschlafen, in der Hand eins von Manuels dort herumliegenden Comicheften.

»Ich habe beim Tierschutzverein angerufen, damit sie den Hund aus dem Bootshaus einfangen, bevor er jemanden beißt«, berichtete Fiona.

»Das ist gut«, lobte Manuel und schob sich eine weitere Kekshälfte in den Mund.

»Wir müssen herausfinden, wem der Bootsunterstand gehört«, erklärte Fiona.

»Oder das Schiff«, fügte Manuel hinzu. »Immerhin kennen wir jetzt den vollständigen Namen.«

»Stimmt. Das ist wahrscheinlich einfacher«, erwiderte Fiona.

Manuel startete den Computer und gab *Santa Maria – Motorjacht* in die Suchmaschine ein. Über hunderttausend Ergebnisse meldete der Computer. Und auf den ersten Blick war nichts dabei, was ihnen weiterhalf.

»Lass dir mal die Bilder anzeigen«, fordert ihn Fiona auf.

Manuel klickte auf den Button *Bilder* und im nächsten Augenblick erschienen auf dem Bildschirm jede Menge Fotos, die irgendwas mit seiner Suchanfrage zu tun hatten.

»Da ist sie«, rief Fiona aufgeregt und deutete auf eine Aufnahme in der Mitte der Seite. Und tatsächlich, da war genau das Schiff zu sehen, das sie im Bootsschuppen aufgestöbert hatten.

Der dazugehörige Artikel berichtete über die Schlagersängerin Marianna, der das Boot gehörte.

»Die hat *Noch ein bisschen mehr Liebe* gesungen. Eine schreckliche Schnulze«, erzählte Fiona.

»Aber was will die mit einem Alligator?«, fragte sich Manuel.

»Vielleicht braucht sie ihn für ihre Bühnenshow«, vermutete Fiona.

»Ich kann mir nicht vorstellen, dass eine Schlagersängerin mit einer gestohlenen Riesenechse auftritt. Eine Rockband vielleicht. Aber eine Schnulzensängerin? Die nimmt doch höchstens ein paar Rosen oder einen Teddybär mit auf die Bühne.«

»Sie könnte das Boot irgendwem geliehen haben«, spekulierte Fiona.

»In jedem Fall ist es unwahrscheinlich, dass jemand die Motorjacht ohne ihr Wissen benutzt hat. Das hätte der Wachhund im Bootshaus bestimmt verhindert«, fügte Manuel hinzu.

»In der Zeitung habe ich gelesen, dass diese Schnulzenlady hier in der Stadt wohnt«, sagte Fiona. »In einer Villa im Stadtteil Marienstein.«

»Dann sollten wir uns dort mal ein wenig umschauen!«

Fiona nickte und blickte zu ihrem Bruder hinüber, der noch immer mit geschlossenen Augen im Sessel lag. »Und Aaron lassen wir hier weiterschlafen. Ich schreib ihm schnell eine Nachricht«, flüsterte sie, froh, endlich mal was ohne ihren kleinen Bruder zu unternehmen.

Gefährliche Neugier

Gut eine halbe Stunde später stiegen Manuel und Fiona in Marienstein aus einem Linienbus. An der Straße, die sie betraten, standen hohe Kastanienbäume und große, vornehme Häuser.

Während der Bus sich neben ihnen wieder in Bewegung setzte, tippte Manuel auf seinem Smartphone herum, wie schon während der ganzen Fahrt. Schließlich steckte er es frustriert in die Hosentasche. »Die genaue Adresse von dieser Marianna ist nirgendwo im Internet zu entdecken.«

»Die Schnulzensängerin finden wir schon«, meinte Fiona und trat auf eine Frau zu, die ihnen in einem wallenden, bunten Kleid und mit einem riesigen, weißen Sonnenhut entgegenkam. »Entschuldigen Sie bitte«, sprach sie die Fremde an.

»Wissen Sie vielleicht, wo hier die Sängerin Marianna wohnt?«

»Warum wollt ihr das wissen?«, erkundigte sich die Dame und schaute die Kinder dabei misstrauisch an.

»Wir sind große Fans von ihr«, verkündete Fiona mit so viel Begeisterung in der Stimme, als ob es nichts Tolleres für sie geben würde.

»Mariannas Lieder sind wirklich super«, fügte Manuel hinzu.

»Das stimmt«, bestätigte die Sonnenhutträgerin. »Jedes Mal, wenn ich *Noch ein bisschen mehr Liebe* höre, kommen mir fast die Tränen.«

»Marianna wohnt sicher in einem wunderschönen Haus«, sagte Fiona.

»Ja, es ist sooo … romantisch«, stimmte die Wallekleidfrau zu.

»Wir würden es uns gerne einmal anschauen. Natürlich nur von außen«, erklärte Fiona.

»Da müsst ihr da vorne rechts abbiegen. Engelsfelder Straße 15«, wies ihnen die Dame den Weg.

»Vielen Dank.« Fiona und Manuel verabschiedeten sich und gingen davon.

Als sie kurz darauf die angegebene Adresse erreichten, sahen sie sofort, dass sie hier bestimmt richtig waren. Die ganze Villa, vor der sie standen, leuchtete in einem grellen Rosa, überall blühten weiße Rosen, und auf dem Rasen vor dem Gebäude stand ein Springbrunnen mit einem riesigen, roten Herz, aus dem Wasser sprudelte.

»Das sieht nicht gerade nach einem Alligatorenversteck aus«, bemerkte Manuel.

»Am besten, wir verschaffen uns zuerst einmal einen Überblick«, meinte Fiona. »Das Anwesen scheint ziemlich riesig zu sein.«

Manuel nickte.

Langsam schlenderten sie die Hausfront entlang und versuchten dabei, einen Blick in das Innere der Villa zu werfen. Aber das war vollkommen unmöglich. Denn überall hinter den Fenstern bauschten

sich weiße Vorhänge, und nirgendwo bewegte sich etwas. Außerdem waren an der Fassade Kameras angebracht, die das Grundstück und die Straße davor überwachten.

Als sie an dem Haus vorbei waren, sahen sie, dass daneben ein Weg zu einer Garage führte. Und direkt vor der parkte ein ziemlich großer Lastwagen.

Fiona blieb stehen. »Damit könnte der Alligator von dem Boot weggebracht worden sein.« Sie deutete auf das Fahrzeug.

Manuel schob sie weiter. »Hier können wir nicht stehen bleiben«, raunte er ihr zu. »Man kann uns vom Haus aus sehen.«

Neben dem Villengrundstück begann ein verwildertes Gelände, auf dem ein arg heruntergekommenes, scheinbar unbewohntes Gebäude stand.

Plötzlich packte Fiona Manuel und zog ihn durch eine Lücke in der Hecke davor.

»Spinnst du?«, pflaumte Manuel sie an. »Wir können doch nicht einfach in ein wildfremdes Grundstück eindringen.«

»Das merkt doch keiner«, erwiderte Fiona.

Tatsächlich waren sie durch einige verwilderte Büsche um sie herum vor Blicken gut geschützt.

»Wir müssen uns unbedingt diesen Lastwagen anschauen«, fuhr Fiona fort und schlich in Richtung des rosafarbenen Villengebäudes davon.

Notgedrungen folgte Manuel ihr.

Auch an der Grundstücksgrenze zum Gelände der Schlagersängerin stand eine Hecke. Als sie die erreichten, konnten sie durch eine Lücke darin den Wagen direkt vor sich sehen.

Fiona deutete auf seine breiten Reifen. »Die Wagenspuren bei dem Bootshaus passen dazu.«

»Oder zu irgendeinem anderen Lkw«, wandte Manuel ein.

»Das werden wir gleich wissen«, meinte Fiona und schlüpfte durch die Hecke, bevor Manuel es verhindern konnte.

»Komm zurück«, zischte Manuel hinter ihr her. Aber sie reagierte nicht.

Schon war Fiona beim Lastwagen und versuchte, die Beifahrertür zu öffnen. Die war jedoch verschlossen.

Manuel schaute sich ängstlich um. Hatte sie schon jemand entdeckt? Sollte er sie einfach packen und durch die Hecke zurückziehen? Aber mit so einem Streit würden sie erst recht Aufmerksamkeit erregen.

Fiona presste ihr Gesicht gegen die Seitenscheibe der Fahrerkabine.

»Lass das!«, raunte Manuel in ihre Richtung.

Jetzt lief sie geduckt zum hinteren Ende des Fahrzeugs. Manuel folgte ihr auf der anderen Seite der Heckenbarriere, ohne etwas sehen zu können.

Plötzlich war ein lautes Klacken zu hören. Verdammt, was machte sie denn jetzt?

Endlich fand Manuel wieder eine Stelle, wo er

durch die Büsche hindurchblicken konnte, und traute seinen Augen nicht: Fiona hatte die Tür zum Laderaum geöffnet und kletterte gerade hinein.

»Mistkacke«, fluchte Manuel leise. Er musste diesem Wahnsinn sofort ein Ende bereiten.

Ein Stück weiter fand er eine Lücke in der Hecke, durch die er auf das Nachbargrundstück gelangen konnte. Gerade als er dort ankam, zog Fiona die Laderaumtür hinter sich zu.

Manuel wollte hindurchschlüpfen und zu dem Lkw stürzen. Schon war er halb auf der anderen Seite.

Doch da wurde plötzlich eine Villentür geöffnet. Manuel ließ sich augenblicklich zurück auf das verwilderte Nachbargrundstück fallen, um nicht entdeckt zu werden.

Bewegungslos blieb er liegen und traute sich kaum zu atmen.

Ein Mann und eine Frau traten aus dem Gebäude. Es waren die Schlagersängerin und ein Mann mit einem Cowboyhut, von dem Manuel sich sicher war, ihn schon mal irgendwo gesehen zu haben. Ihm fiel einfach nur nicht ein, wo.

Die beiden blieben hinter dem Wagen stehen

und küssten sich. Der Cowboyhutmann schien der Freund der Schnulzensängerin zu sein.

Hoffentlich fiel ihnen nicht auf, dass die Laderaumtür nicht richtig verschlossen war. Doch jetzt entdeckte der Typ es. Er streckte seine Hand nach dem Türgriff aus. Gleich würde er den Lkw öffnen und Fiona entdecken.

Manuel spannte alle Muskeln an. Er musste den Kerl irgendwie ablenken.

Doch gerade als Manuel aufspringen wollte, sah er, dass der Typ die Ladefläche gar nicht öffnete, sondern nur wieder verriegelte.

Fiona saß in der Falle.

Danach stieg der Mann in den Lkw und startete den Motor. Langsam rollte der Wagen zur Straße.

Hinter der Hecke spurtete Manuel in die gleiche Richtung. Irgendwie musste er es schaffen, die Laderaumtür wieder zu öffnen. Ohne abzubremsen, brach Manuel durch die Büsche an der Wohnstraße.

Der Lastwagen bog direkt neben ihm aus der Einfahrt. Sehr langsam. Die Laderaumtür befand sich jetzt praktisch direkt vor Manuels Nase. Er konnte es schaffen!

Als er losstürzen wollte, um Fiona zu befreien, entdeckte er, dass die Schlagersängerin noch vor dem Haus stand, und ihrem Cowboyfreund zum Abschied zuwinkte. Sie würde Manuel sofort sehen, wenn er sich dem Lkw näherte.

Jetzt begann dieser zu beschleunigen.

»Verschwinde endlich«, murmelte Manuel in Richtung der Villenbesitzerin. Schließlich drehte sie sich um, um wieder ins Haus zu gehen.

Manuel hatte freie Bahn. Aber es war zu spät. Der Lastwagen fuhr schon so schnell, dass er ihn nicht mehr erreichen konnte. Trotzdem lief er los. Vielleicht gelang es ihm ja, den Wagen an der nächsten Kreuzung zu erwischen, wenn er anhielt.

Tatsächlich stoppte Fionas rollendes Gefängnis dort, wo es auf die größere Straße einbiegen musste.

Manuel legte einen Spurt ein. Nur noch wenige Meter, dann hatte er sein Ziel erreicht. Doch jetzt setzte sich der Wagen wieder in Bewegung.

Manuel hatte das Rennen verloren. Denn nun hatte das Fahrzeug freie Fahrt.

In diesem Moment sah Manuel aus den Augenwinkeln heraus ein Taxi heranfahren. Augenblicklich stellte er sich ihm in den Weg. Mit quietschenden Reifen kam es kurz vor ihm zum Stehen. Manuel riss die Beifahrertür auf und sprang hinein.

»Du spinnst wohl?«, brüllte ihn der Fahrer an, ein schlecht rasierter, bulliger Mann.

»Folgen Sie dem weißen Lastwagen!«, rief Manuel ihm zu.

»Nee, Kleiner. Bei solchen Spielchen mach ich nicht mit«, erwiderte der Taxifahrer.

Schnell zog Manuel einen 50-Euro-Schein aus seiner Geldbörse. Mit dem Bargeld hatte er eigentlich Farbe für einige Malerarbeiten auf der Penny Lane besorgen wollen. »Ich gebe Ihnen noch mal 50, wenn Sie ihn nicht verlieren«, versprach er.

»Alles klar, Chef!« Der Fahrer grinste breit, griff nach dem Geldschein und ließ den Motor aufheulen.

Fahrt ins Ungewisse

Im Laderaum des Lkws befand sich Fiona in totaler Finsternis. Sie fühlte sich schrecklich. Die Luft war stickig. In ihren Ohren dröhnte das Brummen des Motors, und ständig drohte sie das Gleichgewicht zu verlieren, weil sich alles um sie herum bewegte.

Aber das Allerfürchterlichste war: Die ganze Zeit fragte sie sich, ob nicht vielleicht der Alligator irgendwo hier in der Dunkelheit auf sie lauerte.

Fiona holte ihr Handy aus der Tasche. Mit dem Licht des Bildschirms konnte sie wenigstens etwas erkennen.

Plötzlich bremste der Wagen. Fiona stolperte nach vorne, konnte sich nicht mehr halten und stürzte. Zum Glück fiel sie auf etwas ziemlich Weiches, das sich anfühlte wie eine Decke. Sie ließ den

Handybildschirm aufleuchten. Tatsächlich lag sie auf einer braunen, groben Wolldecke. Doch dann erstarrte sie. Denn kaum zwei Meter entfernt von ihr spiegelte sich das Handyleuchten in etwas Dunklem, Runden – dem Auge des Alligators. Dieser lag nämlich unter der Deckenhülle, auf der sie gelandet war.

Reflexartig sprang Fiona weg und landete auf ihrem Rücken, während ihr Handy über den Laderaumboden davonrutschte.

Sie musste hier raus! Gleich würde das Tier sie angreifen.

Nur mit Mühe konnte Fiona verhindern, dass sie vollkommen die Nerven verlor und laut loskreischte.

Langsam beruhigte sie sich wieder. Schließlich hatte sie die Riesenechse nicht sofort attackiert, als sie auf sie gekracht war.

Fiona zwang sich, zu dem bedrohlichen Tier hinüberzuschauen. Es lag vollkommen ruhig da. Nur sein Kopf ragte aus den Textilien. Sein bedrohliches Maul hatte man ihm mit einem Band zusammengebunden.

Ob die Echse betäubt war? Das würde erklären,

dass sie nicht im Geringsten auf Fiona reagiert hatte. Und auch, dass die Alligatorenfänger ihre Beute einfach so im Wagen zurückgelassen hatten.

Das Handyleuchten auf dem Wagenboden wurde schwächer. Gleich würde es vollkommen dunkel werden. Sie brauchte unbedingt ihr Telefon wieder. Aber das lag höchstens einen Meter vom Echsenkopf entfernt. Ob die Maulfessel wirklich hielt? Der Alligator war bestimmt ziemlich hungrig. Fiona nahm all ihren Mut zusammen und schob sich langsam nach vorne, das Raubtier immer im Auge behaltend.

Nach endlosen Augenblicken ergriff ihre Hand schließlich das Mobiltelefon. In dieser Sekunde schaltete sich die Beleuchtung des Geräts vollständig aus. Jetzt sah sie gar nichts mehr und wusste

nicht, ob dieses Vieh noch auf seinem Platz lag, oder sich schon auf den Weg zu ihr gemacht hatte.

Panisch robbte Fiona rückwärts in Richtung Laderaumtür.

Einige Schrecksekunden später leuchtete der Handybildschirm in ihrer Hand wieder auf, und sie konnte erkennen, dass die Riesenechse immer noch an der gleichen Stelle lag wie vorher.

Systematisch begann Fiona den Ausgang nach irgendeiner Art von Öffnungsmechanismus abzusuchen. Sie musste hier raus, bevor der Wagen anhielt und sie entdeckt wurde.

Aber da war nichts.

Der Lkw stoppte.

Waren sie schon am Ziel? Hektisch schaute Fiona sich nach einer Versteckmöglichkeit um. Aber bis auf den Alligator war der Laderaum vollkommen leer.

Der Wagen stand noch immer, aber der Motor lief weiter. Wahrscheinlich hatte nur eine rote Ampel ihre Fahrt unterbrochen. Ja, jetzt ging es tatsächlich weiter.

Doch gleich darauf bremste das Gefährt so hart, dass Fiona ein Stück weit über den Boden rutschte. Ein langes Hupen war zu hören. »Du hast wohl einen Vogel!«, brüllte eine wütende Stimme vorne in der Fahrerkabine.

Beim erneuten Anfahren quietschten die Reifen.

Fiona fragte sich, was Manuel jetzt wohl machte. Ob er die Polizei alarmiert hatte, und sie jeden Augenblick angehalten wurden?

Kurz darauf wurde der Wagen langsamer. Wieder blieben sie stehen. Dieses Mal ohne scharfe Bremsung oder Gebrüll.

Wo mochten sie sein? In jedem Fall mussten sie sich noch in der Stadt, oder in der Nähe davon befinden. Länger als eine Viertelstunde waren sie auf keinen Fall unterwegs gewesen.

Draußen hörte sie ein leises Summen. Was war das jetzt schon wieder? Sie horchte angespannt, ohne eine Antwort zu finden. Schließlich verstummte das Geräusch. Der Wagen rollte kurz weiter, dann stoppte er, und der Motor wurde abgestellt.

Waren sie am Ziel? Fiona machte sich bereit, im nächsten Moment aus dem Lastwagen zu springen und loszulaufen. Sie musste schnell sein. Das war ihre einzige Chance. Bis zum Äußersten angespannt wartete sie.

Plötzlich war ein Geräusch direkt vor ihr an der Laderaumtür zu hören. Sie wurde geöffnet. Schnell presste Fiona sich an den Teil der Rückwand, der geschlossen blieb. Helles Licht blendete sie. Sie erkannte den dunklen Schatten eines Menschen, der hinter dem Wagen stand. Unmöglich, an ihm vorbeizukommen. Jeden Augenblick musste er sie sehen und sie ergreifen. Zitternd drückte sie ihren Rücken noch fester gegen den geschlossenen Türflügel und wagte kaum mehr zu atmen.

Langsam gewöhnten sich ihre Augen an die Helligkeit. Sie konnte das Gesicht des Mannes sehen. Er war braun gebrannt, trug einen Cowboyhut und hatte dunkle, stechende Augen. Diesen Typen kannte sie! Aus einem Zeitungsartikel über den Zoo.

Der Cowboy stieg in den Wagen. Gleich würde er sie ergreifen. Doch er ging einfach an ihr vorbei und steuerte auf den Alligator zu, ohne auch nur ein einziges Mal zur Seite zu schauen.

Fionas Herz schlug bis zum Hals, und sie hatte das Gefühl, vor Angst gelähmt zu sein.

Im nächsten Augenblick sprang sie aus dem Wagen. Sie spürte, wie sie auf hartem Betonboden landete, und schaute sich blitzschnell um: Sie befand sich in einem Hof, mit hohen Mauern an allen Seiten. Im Wagen hinter ihr brüllte der Mann mit dem Cowboyhut. Jetzt hatte er sie wohl bemerkt.

Ein anderer Kerl mit einem Körper wie ein Schrank kam auf Fiona zugerannt.

Panik durchzuckte Fiona wie ein Stromschlag. Sie lief ein paar Schritte, ohne zu wissen, wohin. Vor ihr befand sich ein Eisentor. Es schien keinen Ausweg zu geben.

In dieser Sekunde jedoch sah sie, dass sie noch nicht vollkommen in der Falle saß. Sie stand vor einem Rolltor, das sich gerade langsam schloss. Und darunter befand sich ein immer schmaler werdender Streifen, der noch offen war.

»Hiergeblieben!« Der Schrank griff nach ihr.

Fiona wich seiner Hand aus und hechtete in Richtung des rettenden Spalts.

Die Öffnung unter der Eisenbarriere wurde immer kleiner. Ohne nachzudenken, warf Fiona sich auf den Boden und zwängte sich in die Lücke. Sie konnte das Metalltor auf sich spüren. Sie würde hier eingeklemmt werden! Doch im nächsten Augenblick stoppte ein Sicherheitsmechanismus das Tor. Fionas Kopf und Oberkörper waren schon auf der anderen Seite. Sie sah Häuser, eine Straße und ein in der Nähe parkendes Taxi.

Gerade als sie auch den Rest ihres Körpers nach draußen bewegen wollte, spürte sie einen festen Griff an ihrem Fuß.

»Halt sie fest! Ich mache das Tor auf!«, hörte sie den Cowboymann im Hof brüllen.

Verzweifelt zerrte Fiona an ihrem Bein. Doch sie bekam es nicht frei.

In diesem Augenblick fasste eine Hand nach ihr. Manuel!

»Hilf mir! Ich werde festgehalten!«, brüllte sie.

Mit aller Kraft zog Manuel sie weg von der Einfahrt. Aber auch das schien nichts zu helfen.

Da begann das Tor sich wieder zu heben und Fiona kam plötzlich frei. Nur ihr Schuh war auf der anderen Seite zurückgeblieben. Doch gleich würden ihre Verfolger bei ihnen sein.

Im letzten Moment zog Manuel sie ins Taxi.

Fiona konnte ein Schild neben dem Weg erkennen, aus dem sie gerade gekommen war: *Zooeinfahrt – Bitte frei halten!*

»Fahren Sie los«, rief Manuel dem Fahrer zu.

Während der Wagen beschleunigte, konnten Fiona und Manuel sehen, wie der Cowboy und sein Begleiter durch die Toröffnung schlüpften. Drohend hoben ihre Verfolger die Fäuste. Aber das war alles, was sie noch machen konnten.

Ein übler Betrug

»Siehst du, der Typ mit dem Cowboyhut ist wirklich der Zoodirektor«, sagte Fiona, als sie eine halbe Stunde später zusammen mit Manuel und dem inzwischen wieder aufgewachten Aaron in der Penny Lane vor dem Computerbildschirm saß.

»Das war ganz schön fies von euch, mich alleine zu lassen. Wenn mich Räuber gestohlen hätten, wäre das eure Schuld gewesen«, beschwerte sich Aaron und stopfte sich eine Handvoll Mandelplätzchen in den Mund.

Auf dem Monitor war ein Zeitungsartikel über den neuen Zoodirektor der Stadt zu sehen. Der hieß Amadeus Heswik, hatte den Direktorenposten vor zwei Monaten übernommen und lief ständig mit einem Westernhut herum.

»Aber warum fängt ein Tierparkleiter heimlich einen entlaufenen Alligator?«, fragte Manuel ratlos.

»Er will bestimmt aus der Alligatorhaut für seine Freundin eine Handtasche machen«, vermutete Aaron, der sie nach ihrer Rückkehr so lange mit Fragen gelöchert hatte, bis sie ihm jede Einzelheit ihrer Erlebnisse berichtet hatten.

»Du erzählst mal wieder Quatsch«, wies Fiona, die zwei von Manuels Turnschuhen an den Füßen hatte, ihren kleinen Bruder zurecht. »Als Zoodirektor hat er bestimmt genug Geld, um dieser Schlagertante ganz normal in einem Geschäft eine Tasche zu kaufen.«

»Aber vielleicht möchte er ihr etwas Selbstgebasteltes geben. So wie ich Mama zu Weihnachten.« Aaron ließ nicht locker.

»Ich glaube, ich habe unseren Flussalligator gefunden«, meldete sich Manuel zu Wort. Er deutete auf einen anderen Zeitungsartikel, der etwa eine Woche alt war. Darin stand, dass der Zoodirektor Heswik einen Alligator an einen kleinen spanischen Zoo verschenkt hatte, weil der den gut gebrauchen konnte, und es im Alligatorengehege des hiesigen Zoos zu eng war.

»Dann wollten sie den Alligator wohl nach Spanien transportieren. Und als er ihnen dabei entkommen ist, war es ihnen zu peinlich, das zuzugeben«, vermutete Fiona.

»So könnte es gewesen sein, obwohl das natürlich verdammt dumm von Heswik gewesen wäre«, stimmte Manuel nachdenklich zu.

»Und total verantwortungslos«, fügte Fiona hinzu. »So ein Tier ist gefährlich, und Heswik hat niemanden gewarnt.«

Manuel nickte und gab etwas in den Computer ein. »Ich überprüfe mal gerade was«, erklärte er.

»In jedem Fall müssen wir dafür sorgen, dass dieser Zoodirektor seinen Posten verliert«, sagte Fiona.

Statt zu antworten, griff Manuel zum Telefon und wählte eine ziemlich lange Nummer, die er vom Computerbildschirm ablas.

»Buenos días«, meldete sich Manuel und führte dann ein längeres Telefongespräch auf Spanisch, so als ob er den ganzen Tag nichts anderes machen würde.

»Woher kannst du denn die Sprache so gut?« Fiona war beeindruckt.

»Von den Reisen mit meinem Onkel. Wir waren

ziemlich oft in Mittelamerika, als ich klein war«, erzählte Manuel.

»Und wo hast du angerufen?«, fragte Aaron.

»Ich habe mit dem spanischen Zoo gesprochen, der angeblich den Alligator bekommen soll«, berichtete er. »Aber die wissen von so einem Geschenk überhaupt nichts.«

»Bist du dir sicher?«, erkundigte sich Fiona.

»Vollkommen«, bestätigte Manuel. »Ich habe mit der Leiterin des Tierparks telefoniert. Die müsste ja wohl etwas davon mitbekommen haben.«

»Dann hatte Heswik etwas anderes mit der Echse vor«, schlussfolgerte Fiona.

»Ich sag doch, der will daraus eine Handtasche für seine blöde Freundin machen«, kam Aaron auf seine alte Vermutung zurück.

Seine Schwester verdrehte genervt die Augen.

»Ich glaube, dieser Zoodirektor will den Alligator verkaufen. Wie du schon gesagt hast, mit so einem Tier kann man sicher eine schöne Stange Geld verdienen«, meinte Manuel.

»Das ist ein mieser Halunke«, empörte sich Fiona. »Er soll auf die Zootiere aufpassen und verhökert sie stattdessen.«

Manuel nickte zustimmend. »Irgendwie muss die Echse dann beim Abtransport abgehauen sein.«

»Und deswegen haben sie auch niemanden darüber informieren können«, ergänzte Fiona.

»Fragt sich nur, wie wir diesem Heswik irgendwas davon nachweisen können«, fuhr Manuel fort. »Die Polizei glaubt ja, dass wir die ganze Geschichte mit dem Alligator nur erfunden haben.«

»Dann müssen wir uns die Beweise eben besorgen«, sagte Fiona entschieden. »Und zwar im Zoo.«

»Und wie willst du das machen?«, fragte er. »Heswik und sein Komplize kennen uns. Die schnappen uns sofort, wenn wir da auftauchen.«

»Dann schauen wir uns eben heute Nacht da um. Wenn diese beiden Typen schlafen«, schlug sie vor.

»Gute Idee«, erwiderte Manuel. »Und ich weiß auch schon, wie wir in der Tierpark reinkommen. Mein Onkel besitzt nämlich ein paar sehr interessante, alte Stadtkarten.«

Im Untergrund

Es war schon weit nach Mitternacht, als sich Manuel, Fiona und Aaron im Beiboot der Penny Lane mit ausgeschaltetem Motor langsam den Fluss hinuntertreiben ließen. Fionas und Aarons Mutter musste auch in dieser Nacht wieder im Krankenhaus arbeiten. Dadurch bekam sie von dem Ausflug nichts mit, den sie sicher verboten hätte.

Manuel sorgte mit geschickten Paddelschlägen dafür, dass sie direkt an einer Mauer entlangfuhren.

Keiner von ihnen sagte ein Wort. Denn direkt über ihnen befand sich die Uferpromenade der Stadt, auf der in einer lauen Sommernacht auch zu dieser Tageszeit noch einzelne Menschen unterwegs waren. Und von denen wollten sie auf keinen Fall entdeckt werden.

»Da«, flüsterte Manuel plötzlich und deutete auf eine dunkle Öffnung in der Steinmauer, die sich etwa einen Meter über der Wasseroberfläche befand. Er ließ das Paddel sinken, legte es weg und richtete sich auf. Er wollte nach dem Rand des Kanalrohrs greifen – doch in diesem Moment trieb das Schlauchboot mit einem Mal ein Stück weit vom Ufer weg.

»Verdammt«, murmelte Manuel und versuchte, das Rohr zu erreichen. Aber er war schon zu weit davon entfernt. Da hörte er hinter sich im Wasser ein Plätschern.

Fiona hatte das Paddel übernommen.

Mit einem Ruck bewegte sich das Schlauchboot wieder in Richtung Mauer, und Manuel bekam den Rohrrand schließlich zu fassen. »Danke«, sagte er leise und band ihr Beiboot an einem Eisenring neben der Röhre fest.

Aus der Kanalöffnung plätscherte Flüssigkeit in den Fluss.

»Das ist nur Wasser«, versicherte Manuel Fiona und Aaron. »In dem Betonrohr wird ein alter Bach durch die Stadt geleitet.«

Das Beiboot schaukelte ziemlich stark, als Manuel sich von ihm abstieß und sich zu der Kanalhöhle hochzog.

Gleich darauf drängelte Aaron sich an Fiona vorbei. »Jetzt steige ich aus«, erklärte er.

Aaron hatte Angst, dass sie ihn sonst im Boot zurücklassen könnte. Denn eigentlich hatte Fiona ihren kleinen Bruder zu der nächtlichen Aktion nicht mitnehmen wollen, weil er ihrer Meinung nach zu klein dafür war. Doch er hatte gedroht, ihrer Mutter alles zu erzählen, und sie so zum Nachgeben gezwungen.

Als Aaron oben war, kletterte auch Fiona in das Rohr.

»Ich glaube, da unten ist jemand«, war im nächsten Moment von der Promenade her plötzlich eine Frauenstimme zu hören.

»Das ist nur ein Boot, das jemand dort angebunden hat«, erwiderte ein Mann.

Angespannt lauschten Manuel, Fiona und Aaron in ihrem Versteck. Aber es war nichts mehr zu hören. Die beiden Spaziergänger schienen weitergegangen zu sein.

Vor den Flusspiraten befand sich eine mit einer Kette und einem Vorhängeschloss verriegelte Gittertür, die sie daran hinderte, weiter in das Rohr hineinzugehen.

Fiona schaute sich das Schloss an. »Das ist total verrostet. Mit einem Dietrich krieg ich das nicht auf«, flüsterte sie.

»Kein Problem.« Manuel holte eine kleine Eisensäge aus seiner Tasche und machte sich damit an der Eisenkette zu schaffen.

Eine gefühlte halbe Ewigkeit hallte das kreischende Sägegeräusch durch den Betongang. Dann hatte Manuel es geschafft.

Mit einem lauten Quietschen öffnete sich das Gitter. Der Weg vor ihnen war frei.

Gebückt und lediglich mit dem spärlichen Licht ihrer Handybildschirme tasteten sie sich in der Dunkelheit voran. Erst als der Kanalausgang nur noch als kleiner Kreis weit hinter ihnen zu erkennen war, schaltete Manuel eine Taschenlampe ein. Jetzt waren sie sicher, von außen nicht mehr gesehen zu werden.

»Vielleicht ist hier unten auch irgendwo ein Schatz versteckt«, meine Aaron, schaute sich um und steckte seine Hand dann in ein dunkles Loch in der Wand.

Fiona versuchte, nicht daran zu denken, dass an einem Ort wie diesem überall Spinnen lauerten, und dass ihr blöder Bruder wahrscheinlich gerade welche aufscheuchte.

Manuel lenkte das Taschenlampenlicht auf eine mitgebrachte Karte und leuchtete dann in die Röhre hinein. »Da vorne macht der Kanal eine Kurve nach links. Von da aus sind es noch etwa 300 Meter bis zum ersten Ausstieg im Zoo«, erklärte er.

Wenige Minuten später blickten die Flusspiraten in einen senkrecht nach oben führenden Schacht, an dessen Rand sich eiserne Leitersprossen befanden.

Manuel schaltete die Lampe aus, damit das Licht sie nicht verriet. Dann stieg er empor. Fiona und Aaron folgten ihm.

Je höher sie kamen, desto deutlicher war ein frischer Luftzug zu spüren.

Schließlich ertastete Manuel über sich etwas Hartes, Kaltes. Die Abdeckung des Kanalschachts. Er versuchte, sie hochzudrücken, aber die Platte rührte sich keinen Millimeter. »Ich schaffe es nicht allein«, flüsterte er nach unten.

Schnell kletterte Fiona zu ihm.

Als sie sich gemeinsam gegen den Kanaldeckel stemmten, schien auch das zunächst nichts zu bringen. Doch dann endlich bewegte er sich ein wenig, und sie konnten ihn zur Seite schieben.

Vorsichtig schauten Manuel und Fiona nach draußen. Dort war es ziemlich finster. Der Mond war hinter dicken Wolken verschwunden und ein starker Wind war aufgekommen. Außer dunklen Schatten war um sie herum nichts zu erkennen.

»Lasst mich endlich hier raus«, quengelte Aaron von unten.

Langsam verließen sie den Schacht.

Plötzlich fiel ein wenig Licht durch ein Wolkenloch, sodass sie etwas mehr erkennen konnten. Direkt neben ihnen ragte ein Hügel empor. Auf der anderen Seite klaffte ein Abgrund, auf dessen schwarzem Grund sich das Mondlicht spiegelte.

Wo befanden sie sich?

Plötzlich spürte Fiona einen brennenden Schmerz an ihrem Unterarm. Das war Aaron, der sich an sie krallte.

»Lass mich los!«, zischte sie ihren Bruder an.

»Da … da …«, stotterte Aaron und deutete mit einer Bewegung des Kopfs nach rechts.

Im nächsten Augenblick war Fiona vollkommen egal, wie tief Aaron seine Fingernägel in ihren Arm grub.

Oben auf dem Hügel saß nämlich ein riesiges Tier mit einer gewaltigen Mähne und knurrte bedrohlich.

Sie waren im Löwengehege gelandet!

Auch Manuel hatte das inzwischen mitbekommen. Mit einer unauffälligen Geste deutete er in Richtung Kanalschacht.

In Zeitlupe zogen sich die Flusspiraten in Richtung der rettenden Röhre zurück.

Aaron stellte als Erster wieder einen Fuß auf die Leiter.

Doch die Riesenkatze setzte sich ebenfalls in Bewegung. Lautlos, mit schleichenden Schritten, kam sie den kleinen Berg herunter.

Jetzt stieg auch Fiona in die Kanalöffnung.

Manuel folgte als Letzter.

Das Raubtier war mittlerweile höchstens noch zwei Meter von ihnen entfernt. Mit einem einzigen Sprung konnte es sie erreichen.

Daran versuchten Fiona und Manuel nicht zu denken, während sie den Kanaldeckel über sich möglichst leise an seinen Platz zurückschoben.

Endlich hatten sie es geschafft!

Nur wenige Zentimeter entfernt konnten sie den Atem des Löwen auf der anderen Seite der Abdeckung hören.

Immer noch vor Angst schlotternd stiegen sie wieder in die Betonröhre hinab.

Affendiebe

Beim nächsten Ausstieg hatten die Flusspiraten mehr Glück: Dieses Mal landeten sie auf einem ganz normalen Zooweg. Um sie herum bewegten sich Bäume und Büsche im stürmischen Wind.

In einiger Entfernung konnten sie das Verwaltungsgebäude des Tierparks sehen.

»Da schauen wir uns mal um«, meinte Fiona. »In Heswiks Büro finden wir bestimmt Beweise für seine Sauereien.«

Mit schnellen Schritten marschierten sie los.

Doch schon nach wenigen Metern hörten sie plötzlich das Geräusch eines Motors. Kurz darauf tauchten vor ihnen in einer Kurve der Zoostraße zwei Autoscheinwerfer auf, die schnell näher kamen.

»In Deckung«, zischte Manuel und zog seine beiden Mitdetektive in ein Gebüsch.

Aus ihrem Versteck heraus beobachteten sie den vorbeirollenden Lastwagen. Heswiks!

»Nichts wie hinterher«, raunte Fiona Manuel und Aaron zu, sobald der Wagen sie passiert hatte. »Bestimmt wollen die noch andere Tiere stehlen. Wenn ich das mit meiner Handykamera filme, kann Brummer nicht mehr behaupten, dass wir uns alles nur einbilden.«

»Und dann kämpfen wir mit diesen Tierpiraten«, meinte Aaron und zog sein Holzschwert.

Schnell hetzten sie hinter dem Lastwagen her.

Kurz darauf bog dieser nach rechts in einen anderen Weg ein. Jetzt sahen sie ihn gar nicht mehr.

»Hoffentlich hängt er uns nicht ab«, meinte Manuel und beschleunigte seine Schritte.

Doch als sie die Abzweigung erreichten, sahen sie, dass ihre Angst grundlos gewesen war.

Der Lkw stand in etwa 100 Meter Entfernung vor einem großen Gebäude mit spitzen Türmchen. Gerade wurde sein Motor ausgestellt.

»Er parkt beim Affenhaus«, meinte Fiona, die den Zoo von vielen Besuchen her gut kannte.

Zwei dunkle Gestalten stiegen aus dem Fahrzeug.

Schnell verdrückten sich die Flusspiraten in die Büsche, die neben dem Weg wuchsen. Im Schutz des Blattwerks schlichen sie sich langsam an den Lkw heran.

Als sie nur noch wenige Meter vom Affenhaus entfernt waren, konnten sie im Mondlicht sehen, dass der Laderaum nun offen stand. Er war bis oben hin mit leeren Käfigen vollgepackt.

In der Affenunterkunft brannte Licht.

»Die wollen den halben Zoo ausräumen«, meinte Manuel schockiert.

Im gleichen Augenblick war aus dem Affenhaus lautes Gekreische zu hören.

»Was machen die da?«, fragte Fiona und lief, ohne nachzudenken, in Richtung der geöffneten Tür.

»Warte«, versuchte Manuel sie zu stoppen, folgte ihr dann aber zusammen mit Aaron.

Drinnen gingen sie hinter einer großen Säule in der Nähe des Eingangs in Deckung.

Im Raum standen einige aus dem Lastwagen mitgebrachte Transportboxen.

Heswik und sein Komplize, der Schrank, befanden sich vor zwei Affenkäfigen und verfütterten

Schokopralinen an deren Bewohner. Deswegen gab es auch den Lärm. Die Affen stritten sich heftig um die Leckerbissen.

»Fresst euch nur gründlich satt«, erklärte Heswik höhnisch einigen Schimpansen. »Dann schlaft ihr schön tief und macht uns keinen Ärger.«

»Die betäuben die Tiere, um sie besser abtransportieren zu können«, flüsterte Fiona Manuel zu.

Manuel nickte grimmig.

Fiona zog ihr Handy hervor und begann, die Szene zu filmen.

»In den Laboren werden sie sich über solche schönen Äffchen wie euch freuen«, höhnte Heswik weiter. »Und da seid ihr wenigstens zu was nütze.«

»Lass uns abhauen. Das reicht als Beweis«, raunte Manuel Fiona zu.

Die nickte und schaltete die Handykamera aus, um den Rückzug anzutreten.

Doch im nächsten Augenblick hallte ein Monsterniesen durch den Raum. Das war Aaron gewesen. An seine Tierhaarallergie hatte Fiona gar nicht gedacht.

Sofort fuhren Heswik und sein Begleiter herum.

Ohne zu zögern, rannten die Flusspiraten los.

Draußen in der Dunkelheit hatten sie gute Chancen, ihre Verfolger abzuhängen.

Aber plötzlich blockierte ein hereinkommender Mann den Ausgang. Offensichtlich ein weiterer Kumpan Heswiks.

»Hiergeblieben!«, hörten sie Heswiks dröhnende Stimme in ihrem Rücken.

Als sie sich umdrehten, sahen sie, dass er und der Schrank langsam auf sie zukamen.

»Hier haut keiner ab, wenn ich es nicht will«, erklärte der Zoodirektor grimmig. »Zwei von euch

habe ich heute schon gesehen.« Drohend kam er näher.

Verzweifelt schauten sich Fiona und Manuel nach einem anderen Fluchtweg um, während Aaron Heswik und dem Schrank sein Holzschwert entgegenstreckte.

»Jetzt sitzt ihr in der Falle, ihr verdammten Mistkröten«, höhnte Heswik.

»Da irren Sie sich«, erwiderte Fiona und versuchte dabei, möglichst unerschrocken zu klingen. »Wir haben die Polizei bereits informiert. Sie wird gleich da sein.«

Kurz schien Heswik verunsichert, doch dann fing er sich wieder. »Euch Gören glaubt doch sowieso keiner was«, sagte er.

Schon in der nächsten Sekunde stürzten sich Heswik und der Schrank auf sie.

Fiona floh und griff gleichzeitig nach ihrem Handy. Vielleicht schaffte sie es ja noch, den Film zu Brummer zu schicken.

Aber der Schrank war schneller. Kaum hatte Fiona ihr Telefon in der Hand, da fasste auch schon seine riesige Pranke danach, und hielt es mitsamt ihrer Hand fest.

»Du feiger Tierräuber! Lass sofort meine Schwester los!«, brüllte Aaron und ging mit seinem Holzschwert auf den Riesenkerl los. Doch der schnappte sich Aaron einfach, so als ob er nur ein kleines, harmloses Tierchen wäre.

Wenige Meter entfernt erwischte Heswik auch Manuel. »Am liebsten würde ich euch allen eure verfluchten Hälse umdrehen«, zischte er. »Wegen euch muss ich das alles hier aufgeben. Wisst ihr, wie viel Geld mich das kostet?«

»Sie sind ein mieser Verbrecher und kein Zoodirektor«, erwiderte Manuel furchtlos.

Heswik lachte höhnisch. »Das hast du gut erkannt, du kleiner Klugscheißer.« Dann wandte er sich an seine Komplizen. »Wir sperren sie in den alten Kohlenkeller, damit wir hier in Ruhe weitermachen können.«

Fiona blickte Hilfe suchend zu Manuel hinüber.

Aber auch der schien keine Ahnung zu haben, was sie jetzt machen sollten.

Rettender Rauch

Kurz darauf schloss sich im Affenhauskeller eine schwere Tür hinter den Flusspiraten.

In dem dunklen Raum, in dem sie eingesperrt waren, roch es modrig. Die Wände bestanden aus unverputzten Steinen und der Boden war mit Kohlenstaub bedeckt. Immerhin war Heswik so freundlich gewesen, ihnen ihre Taschenlampe zu lassen. Die Handys hatten Heswik und der Schrank natürlich einkassiert, ebenso wie Manuels Eisensäge.

»Wir müssen unbedingt was unternehmen«, sagte Fiona. »Sonst verkaufen sie die Affen für Tierversuche.«

Manuel leuchtete den Raum ab. »Ich glaube nicht, dass wir hier ohne fremde Hilfe rauskommen«, erklärte er schließlich.

»Doch! Sie haben nämlich vergessen, mir mein Schwert wegzunehmen«, triumphierte Aaron. »Damit kann ich die Tür zerhacken.« Und schon begann er, mit seinem Spielzeugschwert auf die Tür einzudreschen.

»Schluss jetzt!«, fauchte ihn Fiona an. »Bei diesem Lärm kann ich nicht nachdenken.«

Doch Aaron donnerte einfach weiter gegen die Kellertür, bis Fiona ihm schließlich die Hand festhielt, und er nach ihr zu treten begann.

»Hört auf! Hier ist was!«, meldete sich in diesem Moment Manuel und leuchtete in einer dunklen Ecke in einen engen, nach oben führenden Schacht.

Augenblicklich vergaßen Fiona und Aaron ihren Streit und stürzten zu ihm.

Manuel war auf eine Kiste gestiegen und rüttelte an einem Eisengitter, das diesen Ausweg versperrte. »Das sitzt felsenfest«, meinte er schließlich resigniert. »Außerdem befindet sich oben auf der Schachtöffnung noch eine Abdeckung.«

Fiona zog einen Besenstiel aus einem Gerümpelhaufen und reichte ihn Manuel. »Vielleicht kriegst du damit den Deckel auf.«

Sofort stocherte Manuel mit einem Besenstil im

Schacht herum. »Das Ding lässt sich bewegen«, meldete er.

Kurz darauf war von oben ein krachendes Geräusch zu hören. Manuel war es gelungen, die Klappe auf dem Kellerschacht aufzustoßen. Ein frischer Luftzug war zu spüren.

»Ich kann den Mond sehen«, erklärte Manuel.

Fiona drängte sich zu ihm. »Zu Hilfe!«, brüllte sie nach oben. »Wir sind hier eingesperrt!«

»Pssst! Sei ruhig!«, stoppte Manuel sie. »Sonst hören Heswik und seine Komplizen uns. Die sind bestimmt draußen, um die Affen in den Lkw zu laden.«

Fiona verstummte. »Du hast recht. Trotzdem müssen wir irgendwie auf uns aufmerksam machen. Direkt hinter dem Affenhaus gibt es Wohnhäuser.«

»Aber es muss passieren, ohne dass Heswik und seine Kumpane was bemerken«, erklärte Manuel.

»Ich habe eine Idee«, rief Aaron und riss Manuel die Taschenlampe aus der Hand. »Wir geben Lichtzeichen.«

Aaron begann in den Schacht hinaufzublinken.

»Wenn das jemand sieht, glaubt der doch nur,

dass eine Lampe einen Wackelkontakt hat«, meinte Fiona.

»Feuer!«, schaltete sich Manuel ein. »Wenn wir Rauch durch den Schacht aufsteigen lassen, alarmiert vielleicht jemand die Feuerwehr.«

»Das könnte funktionieren«, stimmte Fiona zu.

Manuel feuchtete einen Finger an und hielt ihn vor die Öffnung. »Die Luft strömt nach oben wie in einem Kamin. Hier unten bleibt also alles rauchfrei.«

Sofort suchten sie nach Feuermaterial.

Fiona stieß auf einen Karton mit alten, feuchten Kleidern. »Die machen schön viel Qualm!«

»Und damit kriegen wir sie zum Brennen«, fügte Manuel hinzu und hielt eine halbvolle Flasche Brennspiritus hoch, die er zwischen einigen Farbdosen gefunden hatte.

Kurz darauf lag unter dem Schacht ein Haufen spiritusgetränkter Kleiderlumpen.

Vorsichtig zündete Manuel das Textilknäuel mit einem Feuerzeug an.

Augenblicklich loderten bläuliche Flammen auf dem Stoffhaufen. Und schon nach kurzer Zeit stieg dicker Rauch den Schacht hinauf.

»Es funktioniert«, rief Fiona.

»Wir geben Rauchzeichen wie die Indianer«, jubelte Aaron und tanzte aufgeregt herum.

»Nicht so laut«, warnte Manuel. »Die beiden dürfen das Feuer nicht zu früh mitbekommen.«

»Aber selbst dann sind sie noch lange nicht hier drin«, meinte Fiona und klemmte den Besenstiel unter die Türklinke.

Durch den Kellerschacht war das Pfeifen des Windes zu hören.

»Das wird noch ein richtiger Sturm«, stellte Manuel fest.

Im nächsten Moment war von draußen ein lautes Krachen zu hören.

»Was war das?«, fragte Aaron erschrocken. »Werden wir angegriffen?«

»Nein. Eine Windböe hat irgendwas umgestoßen«, erklärte Manuel beruhigend.

Dann begann sich plötzlich der Kellerraum mit Rauch zu füllen. Durch die Schachtöffnung schien nichts mehr abzuziehen.

»Der Knall kam von der Abdeckung«, rief Fiona aufgeregt. »Sie ist wieder auf die Schachtöffnung gefallen.«

Schon konnte man kaum noch etwas sehen. Die drei Detektive begannen, heftig zu husten.

»Auf den Boden!«, brüllte Manuel. »Da ist die Luft am besten!«

Tatsächlich konnten sie direkt über der Erde noch problemlos atmen.

Manuel riss den Besenstiel von der Ausgangstür weg und robbte damit in Richtung Kohlenschacht, um die Abdeckung wieder zu öffnen.

Doch kaum hatte er sich umgedreht, wurde die Tür aufgerissen.

Im Eingang konnte man vom Kellerboden her die Beine von Heswik, dem Schrank und dem zweiten Komplizen sehen. Der Rest ihrer Körper lag im dichten Rauch verborgen. Und solange das so war, waren die Flusspiraten vor Entdeckung sicher.

»Was habt ihr da gemacht, ihr verdammten Gören?«, brüllte Heswik außer sich vor Wut.

Hustend tapsten die drei Männer in den Raum.

»Wo sind sie? Die können hier doch gar nicht atmen«, hörten sie den Schrank.

Durch die geöffnete Tür war der Rauch bereits so weit abgezogen, dass Heswik und seine Begleiter von der Erde her als Schatten zu erkennen waren.

Gleich würden die drei auch sie in den Blick bekommen.

Manuel deutete in Richtung Tür, und Fiona und Aaron verstanden sofort, was er meinte.

So schnell sie konnten, krochen sie zum Ausgang.

Der Rauch war fast vollkommen verschwunden.

Genau in dem Augenblick, als sie den Kellerraum verließen, hörten sie die donnernde Stimme des Schranks. »Die wollen abhauen!«

Aber da waren sie schon draußen.

Blitzschnell sprang Manuel auf, schleuderte die Tür zu und schob den Riegel vor.

Keinen Augenblick zu früh. Von innen krachte etwas Schweres gegen die Türbretter.

»Verdammte Mistbande! Macht sofort auf!«, schrie Heswik.

Ein weiterer Schlag ließ die Tür erzittern. Holz splitterte.

»Nichts wie weg!«, rief Fiona. »Gleich sind sie wieder draußen!«

Manuel, Fiona und Aaron spurteten los. Gerade als sie die Treppe erreichten, sahen sie, wie hinter ihnen die Holztür aus den Angeln flog. Heswik und seine beiden Helfer hatten sich befreit.

Atemlos stürmten die Flusspiraten durch das Affenhaus.

Einige Gehege waren bereits geleert. In den anderen lagen ihre betäubten Bewohner.

Sie rannten nach draußen.

In dem Lkw vor dem Gebäude befanden sich jetzt etliche Käfige mit betäubten Affen. Aus dem Inneren konnten sie die Schritte von Heswik und seinen Helfern hören.

»Schnell, in die Büsche«, raunte Manuel. »Da finden sie uns nicht.«

Hinter einigen besonders dichten Rhododendronsträuchern gingen die drei in Deckung.

Gerade rechtzeitig, denn schon erschienen Heswik und seine Kumpane am Hauseingang.

»Diese Kakerlaken müssen sich irgendwo hier versteckt haben«, rief Heswik seinen Begleitern zu. »Schaut euch mal da im Gebüsch um.«

Den Flusspiraten stockte der Atem. Heswik deutete direkt in ihre Richtung. Augenblicklich setzten sich die Angesprochenen in Bewegung.

Sollten sie fliehen? Aber wenn ihre Verfolger sie einmal entdeckt hatten, würden sie sie bestimmt einfangen.

Schon schoben Heswiks Handlanger die ersten Zweige zur Seite.

Die drei drückten sich fest an den Boden. Gleich würden sie gefunden werden. Die Äste direkt vor ihnen bewegten sich zur Seite.

In dieser Sekunde waren Martinshörner zu hören. Das musste die Feuerwehr sein!

»Verdammter Mist!«, war Heswiks kreischende Stimme zu hören. »Die sind fast da! Wir müssen abhauen!«

Der Schrank stand jetzt direkt vor ihnen. Nichts verbarg sie mehr. Er musste einfach nur nach unten sehen, um sie zu entdecken. Doch stattdessen wandte er sich um und verschwand im nächsten Moment wieder hinter dichtem Blattwerk und ging davon.

Autotüren wurden zugeknallt. Dann startete der Motor des Lkws.

Fiona sprang auf. »Wir müssen sie stoppen. Sonst sind die Affen im Wagen verloren!«

»Nein!«, zischte Manuel und hielt sie fest. »Wenn wir jetzt was machen, fangen sie uns doch noch. Wir müssen warten und die Polizei benachrichtigen.«

Einen Moment zögerte Fiona. Dann ging sie wieder in Deckung.

Der Lastwagen rollte davon, während die Sirenen der aus der entgegengesetzten Richtung herankommenden Feuerwehrwagen immer lauter wurden.

Manuel, Fiona und Aaron stürzten ihnen entgegen.

Ein Feuerwehrmann sprang aus dem ersten Löschfahrzeug. »Was macht ihr hier?«, fragte der Brandbekämpfer entgeistert, als er die drei auf sich zustürmen sah.

»Der Zoodirektor hat jede Menge Affen entführt, um sie an Forschungslabore zu verkaufen«, sprudelte Fiona los.

Der Mann aus dem Feuerwehrwagen schaute sie an, als ob sie verrückt wäre.

»Was Fiona sagt, stimmt«, versicherte Manuel. »Im Affenhaus werden Sie es sehen.«

Der Feuerwehrmann schaute in die Affenunterkunft und entdeckte dort die betäubten Tiere und die leeren Gehege. »Ich rufe dann wohl mal besser die Polizei«, meinte er.

»Ja«, bestärkte ihn Fiona. »Sagen Sie, Kommissar Brummer soll sofort kommen. Es ist sein Fall.«

Neuigkeiten für Brummer

»Ich habe keine Ahnung, was hier passiert ist«, sagte Kommissar Brummer, als er eine halbe Stunde später im Affenhaus vor den betäubten Tieren und den leeren Käfigen stand. »Aber ich glaube euch nicht, dass der Zoodirektor etwas mit diesem Verbrechen zu tun hat.«

»Doch«, fiel Fiona ihm ins Wort. »Und den Alligator, der in den Fluss entkommen war, den wollte er auch verkaufen.«

Brummer schaute die Flusspiraten skeptisch an. »Das Einzige, was ich sicher weiß, ist, dass ihr hier im Keller ein Feuer gelegt habt. Und das ist eine Straftat«, meinte er.

»Das haben wir doch nur gemacht, weil wir eingesperrt waren«, erklärte Manuel.

»Und Heswik sonst alle Affen entführt hätte«, fügte Fiona hinzu.

»Oh, das ist ja schrecklich«, war in diesem Moment die Stimme eines älteren, grauhaarigen Mannes zu hören, der in die Affenunterkunft gestürmt kam.

Durch ein Gitter streichelte er einen schlafenden Schimpansen. »Karim, was haben sie nur mit dir gemacht?«, fragte er besorgt.

»Sind Sie für die Tiere zuständig?«, fragte Brummer den Mann.

»Ja. Was ist hier los?«, erwiderte der Tierpfleger fassungslos.

»Das war der Zoodirektor«, sprudelte es aus Fiona hervor. »Er wollte alle Affen für Experimente verkaufen.«

»Dieser Saukerl«, schimpfte der Tierbetreuer. »Dass mit dem was nicht stimmt, war mir schon lange klar.«

»Wie kommen Sie darauf?«, erkundigte sich Brummer.

»Seitdem dieser Heswik den Zoo leitet, sind jede Menge Tiere verschwunden«, erwiderte der Zoomitarbeiter. »Angeblich wurden sie an andere Zoos verschenkt oder verliehen. Sogar unsere beiden Pandas sind weg.«

»Sehen Sie«, wandte Fiona sich an Brummer. »Dabei ist auch der Alligator entwischt.«

»Genau, unseren Mississippialligator haben sie vor drei Tagen weggebracht«, unterstützte sie der Mann.

Brummer verzog das Gesicht, so als ob er gerade einen schweren inneren Kampf ausfechten würde. »Tja, dann muss ich mich wohl bei euch entschuldigen«, meinte er zu den Flusspiraten.

»Vor allem müssen Sie jetzt Heswik verfolgen lassen. Er hat bestimmt fünfzehn oder zwanzig Affen in einem Lastwagen mitgenommen. Und die landen in irgendwelchen Versuchslaboren, wenn sie diesen Verbrecher nicht schnell erwischen«, sagte Manuel.

»Ihr habt nicht zufällig das Kennzeichen des Lkws?«, wollte Brummer wissen.

»Klar«, erwiderte Fiona, und spulte dann das Autokennzeichen genauso fehlerfrei ab, wie sie sonst in der Schule neue Vokabeln oder die Hauptstädte von irgendwelchen exotischen, weit entfernten Ländern aufsagte.

Sofort ergriff Brummer sein Handy und ließ nach dem Wagen und seinen Insassen fahnden.

Die Flussdetektive schauten sich angstvoll an. Hoffentlich waren Heswik und seine Komplizen noch nicht über alle Berge.

Klar zum Entern

Als Kommissar Brummer die drei in seinem Auto über die große Flussbrücke fuhr, um sie nach Hause zu bringen, war bereits das erste Tageslicht am Himmel zu sehen. Der stürmische Wind hatte sich gelegt, und es schien ein schöner Sommertag zu werden.

Von Heswik und den entführten Tieren gab es leider noch keine Neuigkeiten.

Doch plötzlich knackte das Funkgerät in Brummers Polizeiwagen und eine Stimme teilte mit, dass der Lkw in der Nähe des Campingplatzes am Fluss gefunden wurde. Leider ohne die geringste Spur von den Entführern oder den Affen.

»Jetzt ist klar, wie Heswik abhauen will«, sagte Manuel.

Brummer schaute ihn irritiert an.

»Das Boot, mit dem sie den Alligator gefangen haben, ist in einem Bootshaus, ganz in der Nähe vom Campingplatz«, erklärte Fiona. »Bestimmt haben sie die Käfige umgeladen und wollen über den Fluss verduften.«

»Da ist das Tierräuberboot«, brüllte Aaron in der nächsten Sekunde und deutete mit seinem Holzsäbel auf ein Schiff, das gerade unter ihnen die Brücke passiert hatte und mit zügigem Tempo flussaufwärts fuhr.

»Aaron hat recht«, bestätigte Manuel. »Genauso sieht das Schiff aus, das die Gauner benutzen.«

Brummer schaltete die Warnblinklampe ein und blieb am Rand der Brücke stehen. Andere Autos hupten wütend, ohne dass es den Kommissar störte.

Schnell holte Brummer ein Fernglas aus dem Handschuhfach und richtete es auf das davonfahrende Motorschiff.

»Auf Deck befindet sich ein Stapel, der mit einer Plane abgedeckt ist«, berichtete Brummer.

»Darunter sind bestimmt die Affenkäfige!«, rief Fiona.

»Und da ist ein Mann mit einem Cowboyhut«, fuhr Brummer fort.

»Das ist Heswik«, erklärte Manuel.

»Dann wollen wir sie uns mal schnappen«, sagte Brummer, setzte ein Blaulicht aufs Autodach und gab Gas.

Etwa zehn Minuten später stoppten sie flussabwärts in einem kleinen Hafen. Dort wartete bereits ein Boot der Wasserschutzpolizei auf sie.

Brummer und die Flusspiraten sprangen aus dem Auto und eilten zu dem Schiff.

»Jetzt kämpfen wir mit den Tierpiraten«, rief Aaron begeistert und zog im Laufen sein Schwert. Auf dem Boot bekamen sie noch schnell Schwimmwesten angelegt, und dann ging es los.

Kaum war das Polizeiboot auf den Fluss hinausgefahren, sahen sie auch schon die Motorjacht der Affenentführer direkt auf sich zukommen.

Heswik war am Steuer. Der Schrank und der zweite Komplize standen neben ihm.

Plötzlich beschleunigte das Tierräuberschiff. Heswik musste die Polizei gesehen haben. Aber der verbrecherische Zoodirektor wendete nicht, sondern raste direkt auf sie zu. Das Polizeischiff musste ausweichen. Heswiks Boot flog an ihnen vorbei.

Schon Sekunden später wendete das Schiff der Wasserpolizei und beschleunigte dann so stark, dass der aufheulende Motor den Boden unter ihren Füßen erzittern ließ. Schnell kamen sie Heswik wieder näher. Der steuerte in Richtung Ufer und hoffte wohl, an Land entkommen zu können. Doch das Polizeischiff schnitt ihm den Weg ab.

»Stoppen Sie sofort das Boot!«, dröhnte Brummers Stimme aus dem Schiffslautsprecher.

Endlich gab Heswik die Flucht auf und hielt an.

Das Polizeischiff drosselte seine Geschwindigkeit und glitt langsam näher.

»Ihr bleibt hier«, forderte Brummer die Flusspiraten auf, als sie direkt neben Heswiks Jacht anhielten.

»Jetzt entern wir«, rief Aaron aufgeregt und fuchtelte dabei wild mit seinem Holzschwert herum.

Brummer und weitere Polizisten sprangen mit gezogenen Pistolen auf das Motorboot. Heswik und seine beiden Begleiter ergaben sich augenblicklich mit erhobenen Händen.

Brummer schlug die Plane von der Ladung auf

Deck zurück. Tatsächlich befanden sich darunter die Käfige, mit den immer noch halb betäubten Zooaffen.

»Was soll das! Ich werde mich beschweren! Das hier ist ein offizieller Transport des Tierparks.«

»Sie sind vorläufig festgenommen, Herr Heswik«, erwiderte Brummer unbeeindruckt. »Wegen Diebstahls und illegalen Tierhandels.«

»Das ist doch wirklich ungeheuerlich. Sie haben kein Recht, sich in meine Arbeit als Zoodirektor einzumischen«, tobte Heswik und deutete auf die Flusspiraten. »Das sind doch nur Hirngespinste dieser Kinder.«

»Ja? Auch die bereits verkauften Zootiere?«, erwiderte Brummer gelassen und legte Heswik Handschellen an. »Wir haben Unterlagen darüber in Ihrem Büro gefunden und können hoffentlich die meisten der Tiere wieder zurückholen.«

In diesem Augenblick verpasste der Schrank dem Polizisten, der auf ihn aufpasste, einen heftigen Stoß und stürzte sich blitzschnell mit einem Kopfsprung in den Fluss.

Der Polizeibeamte knallte gegen die aufgestapelten Affenkäfige. Und zwar so heftig, dass eine Box mit einem kleinen Rhesusäffchen ins Wasser fiel und dort versank.

»Das Äffchen ertrinkt!«, kreischte Fiona entsetzt.

Bevor jemand reagieren konnte, riss sich Manuel seine Schwimmweste vom Körper und warf sich kopfüber ins Flusswasser. Direkt dorthin, wo der Käfig gerade untergegangen war.

Schon in der nächsten Sekunde sprang ihm Brummer hinterher, während seine Polizeikollegen Heswik und seinen zweiten Helfer bewachten.

Alle starrten auf die Flussoberfläche und warteten darauf, dass die beiden wieder auftauchten.

Doch endlos lange passierte gar nichts.

Dann endlich tauchte der Affenkäfig auf und direkt neben ihm Manuel, der ihn in der Hand hielt.

Einen Moment später kam auch Brummer hoch, prustend wie ein Walross.

Gemeinsam schafften die beiden den geretteten Zoobewohner zurück auf das Polizeiboot.

Dort wurden Brummer und Manuel mit lautem Applaus empfangen.

Der kleine Rhesusaffe, der inzwischen aus seiner Betäubung erwacht war, bedankte sich auf seine Weise: Laut kreischend machte er einen Salto.

Der Schrank hatte inzwischen das Ufer erreicht und verdrückte sich in ein Gebüsch.

»Keine Angst«, meinte Brummer. »Der entkommt nicht. Die Kollegen sind schon von Land her zu ihm unterwegs.«

Noch lange kein Ende

Als die Flusspiraten und Brummer in den kleinen Hafen zurückkehrten, erwartete sie dort schon ein Mann mit einem zerknitterten grauen Sakko und einem gezückten Notizblock – der Journalist Andreas Zettel. »Ich habe gehört, es hat eine Verhaftung gegeben«, sprach er den Kommissar an. »Können Sie mir Genaueres dazu sagen?«

»Ihnen erzähle ich gar nichts«, fuhr Brummer den überraschten Zeitungsjournalisten an. »Aber ich werde dafür sorgen, dass sie eine Anzeige bekommen. Denn inzwischen bin ich der festen Überzeugung, dass Fiona die Wahrheit gesagt hat, und Sie hinter dem gefälschten Alligatorenfoto in Ihrer Zeitung stecken.«

»Aber …«, setzte Zettel an.

»Und wenn Sie uns jetzt nicht sofort aus dem Weg gehen, lasse ich Sie verhaften«, unterbrach Brummer den Reporter.

Der trat verdattert zur Seite und ließ Brummer und die Flussdetektive ungehindert passieren.

»Das haben Sie gut gemacht«, lobte Fiona den Kommissar, als sie einstiegen.

»War mir ein Vergnügen!«

Im nächsten Augenblick bekam Brummer einen Anruf, der ziemlich lange dauerte. »Gute Nachrichten«, erklärte der Kommissar schließlich. »Der Alligator konnte bei einem Tierhändler in Frankfurt sichergestellt werden. Auch Heswiks geflohenen Komplizen haben wir erwischt. Der hat übrigens erzählt, dass Heswik eigentlich ganz anders heißt. Wovon selbst seine Freundin, die Schlagersängerin, nichts weiß.«

»Dann wird die wohl jetzt ganz schön sauer auf ihn sein«, vermutete Manuel.

Brummer nickte. »Heswik hatte eine falsche Identität angenommen, um den Posten als Zoodirektor zu bekommen.«

»Und so die ganzen Tiere verkaufen zu können«, fügte Fiona empört hinzu.

»Richtig, aber jetzt wird es für diesen Herrn erst einmal verdammt eng in seiner Zelle«, erklärte Brummer.

Fiona musste lachen, als er das sagte.

Brummer schaute sie verwundert an. »Was ist denn jetzt los?«, wollte er wissen.

»Ihr neues Outfit, das ist auch verdammt eng«, meinte sie.

Und tatsächlich steckte der Kommissar in einer Uniform der Wasserschutzpolizei, die ihm mindestens zwei Nummern zu klein war.

»Stimmt«, gab Brummer mit einem verlegenen Lächeln zu und deutete dann auf Manuel, der ebenfalls auf dem Boot Ersatzkleidung bekommen hatte. »Aber dafür sind euch Polizeiuniformen immer noch etliche Nummern zu groß.«

»Das macht gar nichts«, erwiderte Fiona ungerührt. »Detektive tragen nämlich gar keine Uniformen.«

Manuel, Fiona und Aaron grinsten Kommissar Brummer breit an.

Und der hatte plötzlich den schlimmen Verdacht, dass er die Flusspiraten bestimmt noch häufiger wiedersehen würde.

Von Ralf Leuther ebenfalls erschienen:

Cara – Gespenstermädchen sind grün

Cara – Gespenstermädchen auf Klassenfahrt

Cara – Gespenstermädchen auf Gruselhochzeit

Ein Fall für die Flusspiraten – Das Rätsel der Geistervilla

Leuther, Ralf:
Ein Fall für die Flusspiraten – Jagd auf den Alligator
ISBN 978 3 522 18366 6

Gesamtausstattung: Iris Wolfermann
Innentypografie + Satz: Bettina Wahl
Schrift: ITC Giovanni
Reproduktion: Digitalprint GmbH – Stefan Kessler
Druck und Bindung: GGP Media GmbH, Pößneck

5 4 3 2 1°   15 16 17 18

FSC
www.fsc.org
MIX
Papier aus verantwortungsvollen Quellen
FSC® C014496

Die Flusspiraten auf Geisterjagd!

THIENEMANN

Ralf Leuther
Ein Fall für die Flusspiraten –
Das Rätsel der Geistervilla
Band 2 · 160 Seiten · Gebunden
ISBN 978-3-522-18367-3

Eigentlich sollen Manuel, Fiona und Aaron nur den Papagei einer alten Dame füttern, doch plötzlich stecken die drei in einem unheimlichen Fall: In der Villa spukt es! Unerklärliches geschieht, die Besitzerin ist verzweifelt und denkt daran auszuziehen.
Sind hier wirklich Geister am Werk?
Die Flusspiraten beschließen herauszufinden, was hinter dem Spuk steckt, und verbringen eine Nacht in der Geistervilla ...

THIENEMANN
Wir schreiben Geschichten!

www.thienemann.de

Das detektivische Magazin
Neu!
Die drei ??? Kids
Neu!
Knifflige Rätsel: Such die Spur!
Spiel: Lustige Schatzsuche!
Tolles Poster!
Ratecomic: Betrug in der Höhle!
Tipps & Tricks: So siehst du im Dunkeln!
Jede Ausgabe mit coolen Extras!
Nachtsichtgerä
3 Fingerleuchte
Mit exklusivem Comic!
Alle 3 Monate neu
Blue Ocean
die-drei-fragezeichen-kids.blue-ocean.de
facebook.com/BOEAG
Bilder: Undergroundarts.co.uk/Shutterstock
Negovura/Shutterstock.com
Die drei ??? Kids © 2014 Franckh-Kosmos Verlags-GmbH & Co. KG, Stuttgart
„Die drei ??? Kids" sind eine eingetragene Marke der Franckh-Kosmos Verlags-GmbH & Co. KG, Stuttgart.